데미안

Demian

데미안

헤르만 헤세 지음 | 장혜경 옮김

헤르만 헤세(1877~1962)는 독일 남서부 칼프에서 태어난 소설가이자 시인으로, 20세기 독일 문학을 대표하는 작가 중 한 사람이다. 선교사 가정에서 자란 그는 어린 시절부터 독실한 종교적 분위기와 고전 교육 속에서 성장하였으며, 청소년기에는 신학교 생활을 거치기도 했다. 그러나 기존 종교적 가치관과의 갈등은 그로 하여금 내면의 위기와 방황을 경험하게 했고, 이는 그의 작품 세계에 깊은 영향을 주었다.

헤세의 작품은 자아탐색, 내면의 성장, 동

서양 사상의 융합 등을 중심 주제로 삼는다. 초기작 《수레바퀴 아래서》(1906)는 제도 교육에 짓눌린 청년의 비극을 다루었고, 대표작인 《데미안》(1919)은 인간 내면의 이중성과 자아의 각성을 상징적으로 묘사하며 전후 세대에 큰 반향을 일으켰다. 이외에도 《싯다르타》(1922), 《유리알 유희》(1943) 등은 동양 철학과 정신적 구도의 세계를 문학적으로 구현한 작품으로 평가받는다.

헤르만 헤세의 문학은 단순한 서사 이상을 추구하며, 독자에게 자기 내면을 성찰하게 만드는 힘을 지닌다. 1946년에는 그의 문학적 성취와 인류애적인 정신을 인정받아 노벨문학상을 수상하였다. 말년에는 스위스에서 은둔 생활을 하며 창작을 이어갔고, 1962년 몬타뇰라에서 생을 마감했다.

차례

내 이야기를 하려면 먼 옛날에서부터 시작해야 한다. 그럴 수만 있다면 훨씬 더 먼 과거로 돌아가서 내 어린 시절의 맨 처음, 아니 그보다 더 거슬러 올라가 아득한 나의 기원으로 되짚어가야 할 것이다.

작가는 소설을 쓸 때 자기가 신이라도 된 듯 누군가의 인생사를 다 꿰뚫어 보고 완전히 이해할 수 있으며, 신이 직접 이야기하듯 감추는 것 하나 없이 어느 대목이나 핵심을 짚어 묘사할 수 있는 것처럼 행동한다. 나는 그럴 수 없다. 작가가 그럴 수 없듯 나도 그럴 수 없다. 그러나 내게는 여느 작가가 자기 이야기를 중요하게 생각하는 이상으로 내 이야기가 중요하다. 이것이 나 자신의 이야기이고 한 인간의 이야기이기 때문이다. 지어낸 인물, 있을 수 있는 인물, 이상적인 인물, 어쨌거나 존재하지 않는 인물이 아니라 진짜 인간, 이 세상에 단 하나밖에 없는 살아 있는 인간의 이야기이기 때문이다. 그러나 요즘 사람들은 예전보다도 더 진짜 인간이 무엇인지 모른다. 모든 인간이 세상에 단 하나밖에 없는 자연의 귀한 노력인데, 그런 인간을 무더기로 쏘아 죽이기도 하니 말이다. 우리가 더는 단 하나밖에 없는 인간이 아니라면, 정말 총알로 우리 모두를 완전히 세상에서 없앨 수 있다면 이야기를 쓰는 것도 더는 의미가 없을 것이다. 그러나 모든 인간은 그 자신일 뿐 아니라, 세상에 단 하나밖에 없고 아주 특수하며 어떤 경우에도 중요하고 독특한 지점이다. 세상 온갖 현상들이 두 번 되풀이 되는 일 없이 딱 한 번만 교차하는 그런 지점 말이다. 그러기에 모든 인간의 이야기는 중요하고 영원하고 신성하며, 그러기에 모든 인간은 어떻게든 살아서 자연의 뜻을 실현하는 동안에는 경이롭고 관심을 받아 마땅하다. 모든 인간에게서 정신은 형상이 되고, 모든 인간에게서 피조물은 고통받으며, 모든 인간에게서 구세주는 십자가에 매달린다.

요즘엔 인간이 무엇인지 아는 사람이 별로 없다. 그래도 많은 이가 그것을 느끼기에 조금 더 수월하게 죽는다. 나도 이 이야기를 완성하고 나면 한결 더 수월하게 죽을 것이다. 나를 전문가라고 불러서는 안 될 일이다. 나는 찾아 헤매는 자였고 지금도 그러하지만, 이제 더는 별과 책에서 찾지 않는다. 나는 내 안에서 나의 피가 가르치는 교훈을 듣기 시작한다. 나의 이야기는 유쾌하지 않다. 지어낸 이야기처럼 달콤하지도, 조화롭지도 않다. 나의 이야기는 무의미와 혼란, 광기와 꿈의 맛이 난다. 더는 자신을 속이지 않으려는 모든 이의 삶이 그러하듯이.

모든 인간의 삶은 자신으로 향하는 길이다. 하나의 길을 가려는 노력이요, 하나의 오솔길이 던지는 암시이다. 어떤 이도 온전히 자신인 적은 없었다. 그래도 모두는 자신이 되려 애쓴다. 어떤 이는 잘 알아볼 수 없고, 또 어떤 이는 좀 더 명확하지만, 모두는 제 나름대로 애를 쓴다. 모두는 출생의 찌꺼기, 태곳적 세상의 점액과 알껍질을 죽는 순간까지 끌고 다닌다. 결코 인간이 되지 못하여 개구리, 도마뱀, 개미로 멈추는 이도 많다. 위는 인간이고 아래는 개구리인 이도 많다. 하지만 우리 모두는 인간이 되라며 자연이 던진 돌이다. 우리는, 자신으로 향하려는 노력이자 자연이 던진 돌인 우리는 자기 나름의 목표를 이루려 노력한다. 우리는 서로를 이해할 수 있지만, 우리를 해석할 수 있는 이는 자신뿐이다.

일러두기
- 모든 주석은 편집자 주다.

1장

———

두 개의 세상

내가 열 살에서 열한 살 무렵이었고, 우리 고향 소도시의 라틴어 학교에 다니던 시절의 경험담으로 내 이야기의 문을 연다.

그 시절의 향기가 한가득 밀려와 아픔과 기분 좋은 전율로 내 마음을 건드린다. 어두운 골목과 환한 골목, 집과 탑, 시계 종소리와 사람들의 표정, 아늑하고 따스하며 편안하던 방과 비밀과 유령에 대한 무시무시한 공포가 넘치던 방. 비좁고 따뜻하던 방 냄새가 난다. 토끼, 하녀, 약초, 말린 과일 냄새가 풍긴다. 그곳에선 두 개의 세상이 뒤섞였고, 그 양극에서 밤과 낮이 찾아왔다.

하나의 세상은 아버지의 집이었다. 더 비좁은 세상이어서 사실상 그 안에 들어갈 사람은 우리 부모님밖에 없었다. 그 세상은 대부분 나도 잘 아는 곳이었다. 그곳의 이름은 어머니와 아버지였고, 사랑과 엄격함, 모범과 학교였다. 은은한 빛과 맑음과 깨끗함이 그 세상의 것이었고, 그곳에는 부드럽고 다정한 말과 깨끗하게 씻은 손, 정갈한 옷, 훌륭한 예의범절이 있었다. 그곳에선 아침에 찬송가를 불렀고 성탄절에 파티를 열었다. 그 세상에는 똑바른 선과 미래로 이어지는 길이 있었고, 의무와 죄, 양심의 가책과 고해, 용서와 선의, 사랑과 존경, 성경 말씀과 지혜가 있었다. 우리의 미래는 그 세상에 속해야 했기에 맑고 깨끗하며 아름답고 질서정연해야 했다.

그러나 이미 우리 집 한가운데에서는 다른 세상이 시작되고 있었다. 그 세상은 전혀 달랐다. 냄새도, 말도 약속도 요구도 달랐다. 그 두 번째 세상에는 하녀와 직공, 유령 이야기와 추문이 있었다. 무시무시하고 매력적이며 소름 끼치고 알쏭달쏭한 일들이 잡다하게 떠다녔으며, 도살장과 감옥, 주정뱅이와 악쓰는 여자들, 새끼 낳는 암소와 거꾸러진 말 같은 것들, 강도와 살인과 자살 이야기가 있었다. 이 모든 아름답고 잔인하며 야만적이고 잔혹한 일들이 사방에서, 바로 옆 골목, 바로 옆집에 일어났다. 경찰관과 부랑자가 돌아다녔고 술에 취한 남자가 아내를 두들겨 팼으며 저녁이면 젊은 아가씨들이 우르르 공장에서 쏟아져 나왔고 할머니들은 마술을 부려 병이 나게 만들 수 있었다. 숲에서 도둑 떼가 살았고 방화범이 경찰에게 붙잡혔다. 이 과격한 두 번째 세상이 사방에서 튀어 나왔고 악취를 풍겼다. 주위가 온통 그랬지만, 어머니와 아버지가 계시던 우리 집만은 그렇지 않았다. 그곳은 아주 근사했다. 여기 우리 집에는 평화와 질서와 안식, 의무와 고운 양심, 용서와 사랑이 깃들었고, 그 사실은 놀라웠다. 그리고 다른 것들, 시끄럽고 눈부시며, 음침하고 폭력적인 그 모든 것이 존재했음에도 한 발짝만 폴짝 뛰면 그것들로부터 달아나 어머니에게로 도망칠 수 있다는 사실 역시 놀라웠다.

가장 이상한 점은 그 두 세상이 맞닿아 있다는 것이었다. 둘은 너무도 가까이 있었다. 가령 우리 집 하녀 리나는 저녁 기도 때가 되면 거실문 옆에 앉아서 깨끗하게 씻은 손을 반듯하게 주름을 편 앞치마 위에 올려놓고 낭랑한 목소리로 찬송가를 따라 불렀다. 그럴 때 그녀는 온전히 아버지와 어머니의 세상, 우리의 세상, 밝고 올바른 세상의 사람이었다. 그러나 기도가 끝나자마자 부엌이나 장작 창고에서 내게 머리 없는 난쟁이 이야기를 해주거나 비좁은 푸줏간에서 이웃 여자와 싸울 때는 완전히 딴사람, 다른 세계 사람이 되었고 비밀에 둘러싸여 있었다. 모든 것이 다 그랬고, 나 자신이 제일 심하게 그랬다. 분명 나는 밝고 올바른 세상의 사람이었고 우리 부모님의 자식이었지만 눈과 귀가 닿는 어디에나 다른 것이 있었다. 그것이 낯설고 무서웠어도, 그곳에서는 정기적으로 죄책감과 공포가 밀려왔어도 나는 그 속에서도 살았다. 심지어 한동안은 내가 가장 살고 싶었던 곳이 바로 그 금지된 세계였고, 밝은 곳으로의 귀환이 아무리 필요하고 바람직하다 해도 덜 아름다운 곳, 더 지루한 곳, 더 황량한 곳으로 돌아가는 발길 같을 때가 많았다. 물론 나는 자주 깨달았다. 내 인생의 목표는 아버지와 어머니처럼 되는 것, 그렇게 밝고 순수하게, 그렇게 잘나고 단정한 사람이 되는 것이라는 사실을 말이다. 그러나 목표를 이루기까지 가야 할 길이 멀었다. 그렇게 되려면 학교에 죽치고 앉아 있어야 하고 대학을 나와야 하며 온갖 시험을 쳐야 했다. 그리고 그 길은 언제나 더 어두운 다른 길을 지나치거나 그 가운데로 통과했기에 그곳에 멈춰서서 주저앉아 버리는 게 영영

불가능한 일은 아니었다. 그렇게 되어서 방탕해진 아들의 이야기가 있었고, 나는 그 이야기를 열심히 읽었다. 그 이야기에서는 항상 아버지와 선의 세상으로 돌아온 것이 구원이며 대단한 일이었고, 나는 그것만이 옳고 선하며 바람직하다고 느꼈다. 그런데도 나쁜 사람들과 방탕한 아들들 사이에서 벌어지는 이야기가 훨씬 더 매력적이었기에 솔직히 고백한다면, 나는 사실 방탕한 아들이 참회하고 되돌아온 것이 이따금 아주 실망스러웠다. 그러나 그런 말은 하지 않았고 그런 생각도 하지 않았다. 그것은 그저 예감이나 가능성으로서 감정의 맨 밑바닥에 어찌어찌 자리하고 있었다. 악마를 상상할 때면 놈이 변장했건 맨얼굴이건 어쨌거나 저 아래 길거리나 시장 바닥, 아니면 술집에 있었지 절대 우리 집에 있지는 않았다.

내 누이들도 밝은 세상의 사람들이었다. 내가 보기에 그들은 근본적으로 아버지와 어머니에 더 가까웠다. 그들은 나보다 더 착하고 더 예의 바르며 더 완벽했다. 물론 그들도 부족한 점과 나쁜 버릇이 있었지만, 내 눈에는 그리 심해 보이지 않았다. 그들은 나와 달랐다. 나는 그들보다 어두운 세계와 훨씬 더 가까웠다. 이따금 악한 것과 접촉하며 너무도 힘들고 고통스러웠다. 누이들은 부모님이 그러하듯 보호받고 존중받아야 마땅한 사람들이었기에 그들과 싸우고 나면 내 양심의 거울에 비친 나쁜 사람, 원흉, 용서를 빌어야 할 사람은 늘 나였다. 누이들을 모욕하는 짓은 곧 부모님을, 선과 계율을 모욕하는 짓이었으니 말이다. 내게는 내 누이들보다는 구제 불능의 불량 청소년들과 나눌 수 있을 비밀들이 있었다. 세상이 환하고 양심에 거리낌이 없는 좋은 날에는 가끔 누이들과 어울려 놀고 착하고 얌전하게 굴며 예의 바르고 고상한 척 꾸민 자신을 바라보는 것이 달콤했다. 천사라면 자고로 그래야 했으리라! 크리스마스의 행복을 연상시키는 맑은 소리와 향기에 에워싸여 천사가 되는 것은 우리가 아는 최고의 명예였기에 우리는 그것을 감미롭고 아름답다고 생각했다. 아, 그런 시간과 나날들이 얼마나 드물었던가! 나는 잘 놀다가도, 착하고 무탈하게 허락된 놀이를 하다가도 자주 열을 올리며 격해졌다. 누이들은 그 모습을 감당하지 못해 결국 다툼이 일어나고 마음에 상처를 입었다. 화가 치밀어 오르면 나는 못되게 굴며 아무렇게나 마구 지껄이고 나쁜 짓을 해댔는데, 그러는 와중에도 그것이 못된 짓이라는 사실을 가슴 깊은 곳에서 강렬하게 느꼈다. 그러고 나면 불쾌하고 침울한 후회와 회한의 시간이 찾아왔고, 용서를 구하는 아픈 순간이 왔으며, 다시 광명의 햇살이, 갈등이라고는 없는 고요하고 고마운 행복이 몇 시간 혹은 잠깐 동안 돌아왔다.

　나는 라틴어 학교에 다녔다. 시장 아들과 산림 감독관의 아들이 우리 반이어서 가끔 우리 집에 놀러 왔다. 별나기는 했어도 허락된 선한 세상의 아이들이었다. 그런데 나는 이웃의 사내아이들도 가깝게 지냈다. 평소 우리가 무시하던 공립학교 학생들이었다. 그중 한 명에 관한 것으로 내 이야기의 문을 열어야겠다.

열 살 생일이 갓 지났을 때였다. 학교에 가지 않은 어느 오후에 나는 이웃 친구 두 명과 여기저기 어슬렁거렸다. 그런데 열세 살 정도로 보이는, 우리보다 키가 크고 힘이 세며 천박해 보이는 아이 하나가 우리한테로 다가왔다. 공립학교에 다니는 재단사의 아들이었다. 그 애 아버지는 술꾼이었고 온 가족이 악명이 높았다. 이름이 프란츠 크로머로 나도 잘 아는 아이였는데, 녀석을 두려워했던 터라 녀석이 불쑥 끼어들자 마음이 편치 않았다. 프란츠는 이미 어른이 다 된 양 굴었고 젊은 공장 일꾼들의 걸음걸이와 말투를 흉내 내었다. 우리는 녀석이 시키는 대로 다리 옆으로 해서 강가로 내려갔고, 첫 번째 아치형 교각 밑으로 몸을 숨겼다. 교각과 느리게 흐르는 강물 사이의 좁은 강변은 쓰레기 천지였다. 깨진 유리 조각, 잡동사니, 녹슨 철삿줄 뭉치, 그 외 다른 쓰레기들이 어지럽게 널려 있었다. 이따금 쓸만한 물건이 발견되기도 했다. 우리는 프란츠 크로머가 시키는 대로 그 구간을 샅샅이 뒤졌고 우리가 찾은 것을 그에게 보여주었다. 그는 그것을 호주머니에 집어넣거나 아니면 도로 강물로 던져버렸다. 그는 납, 구리, 주석으로 만든 물건이 있는지 잘 살피라고 지시했고 그런 물건은 모조리 주머니에 찔러넣었다. 뿔로 만든 낡은 빗 하나도 챙겼다. 그와 어울리고 있으니 마음이 몹시 불안했다. 아버지가 알면 만나지 말라고 야단쳤을 것이 뻔해서가 아니었다. 프란츠가 무서웠기 때문이었다. 그래서 그가 나를 받아주고 다른 아이들처럼 대하는 것이 기뻤다. 그는 명령했고 우리는 복종했으며, 그와 어울리는 것이 처음이었지만 왠지 오래전부터 그래왔던 것 같았다.

마침내 우리는 땅바닥에 앉았다. 프란츠는 강

물을 향해 침을 찍 뱉었다. 잇새로 침을 찍 뱉어서 원하는 곳으로 날려 보내는 본새가 어른 같았다. 사내아이들은 온갖 영웅담과 나쁜 짓거리를 떠벌리며 자랑했다. 나는 아무 말을 하지 않으면서도 말하지 않는 게 눈에 띄어 크로머가 나한테 화를 낼까 봐 겁이 났다. 두 친구는 처음부터 내게 등을 돌리고 크로머 편에 붙었기에, 나는 그들 사이에서 이방인이었고 내 옷차림과 행동이 그들의 눈에 거슬렸을 것이다. 라틴어 학교에 다니는 부잣집 아들인 나를 프란츠가 좋아할 리 없었고, 두 친구는 내가 궁지에 빠져도 모르는 척 내버려 둘 것이 뻔했다.

나는 결국 겁이 나서 이야기를 하기 시작했다. 대단한 도둑질 이야기를 지어냈는데 그 주인공이 나였다. 길 끝자락의 물방앗간 집 과수원에서 친구랑 밤에 사과 한 자루를 훔쳤는데 보통 사과가 아니라 전부 최고급 라이네테와 골드파르메네로 최고의 품종이었다고 말이다. 순간의 위험을 모면하려고 이야기로 도망을 쳤지만, 사실 나는 평소에도 자주 꾸며낸 이야기를 들려주었다. 그러나 이번에는 녀석들이 곧바로 내 말을 잘라버려서 더 곤란한 상황에 휘말리지 않으려고 가진 재주를 총동원하였다. 우리 둘 중 하나가 나무에 올라가서 사과를 던지는 동안 나머지 하나는 계속 망을 봐야 했는데, 자루가 너무 무거워서 결국 다시 풀어 절반은 놔두고 도망쳤고 30분 후에 다시 가서 나머지 절반을 가져왔다고 했다.

이야기를 마친 나는 약간의 칭찬을 기대했다. 이야기 마지막에는 열이 올라서 창작에 푹 빠져버렸다. 두 친구는 심드렁하니 말이 없었지만, 프란츠 크로머는 반쯤 감은 눈으로 나를 쏘아보며 협박하듯 물었다. "진짜야?"

"그럼." 나는 말했다.

"그러니까 진짜란 말이지?"

"그럼. 진짜지." 속으로는 겁이 나서 숨이 막힐 것 같았지만 나는 오기로 단언했다.

"맹세할 수 있어?"

나는 너무 놀랐지만 당장 할 수 있다고 대답했다.

"그럼 말해봐. 하늘을 두고 맹세합니다!"

나는 따라 했다. "하늘을 두고 맹세합니다."

나는 그것으로 끝났다고 생각했고 그가 곧바로 일어나서 집으로 돌아가려 하자 기뻤다. 다리에 이르렀을 때 나는 이제 집에 가야 한다고 쭈뼛거리며 말했다.

"뭐가 그렇게 급해." 프란츠가 웃었다. "가는 길이 같은데."

그는 어슬렁어슬렁 계속 걸었고 나는 용기가 나지 않아 혼자 내 갈 길로 가지 못했는데 정말로 그가 우리 집 쪽으로 걸어갔다. 집에 도착해서 우리 집 대문과 두툼한 구리 문 손잡이, 창문을 비추는 햇살과 어머니 방의 커튼이 보이자 나는 안도의 한숨을 내쉬었다. 아, 집에 왔구나. 집으로, 밝은 곳으로, 평화로 무사히 잘 돌아왔구나.

서둘러 문을 열고 안으로 들어가서 문을 닫으려는 찰나 프란츠 크로머가 몸을 디밀어 따라 들어왔다. 타일을 깔았고 마당에서만 빛이 들어와서 서늘하고 어두침침한 현관에서 그가 내 곁에 바짝 붙어 내 팔을 붙잡고는 소리 죽여 말했다. "그렇게 서두르지 마!"

나는 깜짝 놀라 그를 쳐다보았다. 내 팔을 붙잡은 그 아이의 손아귀가 무쇠만큼 단단했다.

나는 그의 속셈이 무엇인지, 혹시 나를 괴롭히려는 건지 고민했다. 내가 지금 비명을 지르면, 큰 소리로 악을 쓴다면 누가 나를 구하러 위층에서 달려 내려오지 않을까? 그런 생각을 하다가 나는 포기했다.

"뭐 하자는 거야? 원하는 게 뭐야?"내가 물었다.

"대단한 건 아니고. 그냥 너한테 뭐 좀 물어봐야겠어. 다른 애들은 들을 필요가 없어서."

"그래? 좋아. 내게 무슨 말을 듣고 싶은데? 나

올라가야 해."

"길 끝 물방앗간 옆 과수원이 누구네 건지 너
알지?"

"아니 몰라. 물방앗간 주인 거겠지."

프란츠가 팔로 나를 휘감아 바짝 자기 쪽으로
끌어당기는 바람에 그의 얼굴이 바로 내 코앞까
지 다가왔다. 눈은 사악했고 미소는 음흉했으며
표정에는 잔인함과 위험한 기운이 가득했다.

"그래, 그럼 그 과수원 주인이 누군지 내가 말
해주지. 나는 그 집 사과를 누가 훔쳐간다는 걸
벌써 오래전부터 알고 있었어. 그래서 주인이 도
둑놈을 알려주는 사람에게 2마르크를 준다고 말
했다는 것도 알고 있었고."

"세상에! 설마 주인한테 이르겠다는 말은 아
니지?" 내가 소리쳤다.

그러나 그의 명예심에 호소해 봤자 아무 소용
없다는 느낌이 들었다. 그는 다른 세계 사람이어
서 배신을 범죄라고 생각하지 않았다. 나는 정확

히 느꼈다. 이런 일에서는 "다른" 세계 사람들은 우리와 같지 않았다.

"말을 안 해?" 크로머가 웃었다. "이봐 친구, 내가 2마르크짜리 동전을 찍어내는 위조범이라도 되는 줄 알아? 나는 가난뱅이야. 너하고 달라서 부자 아빠가 없다고. 2마르크를 벌 수 있으면 벌어야지. 혹시 주인이 더 줄지도 모르잖아."

그가 나를 붙들고 있던 손을 뿌리쳤다. 우리 집 현관은 더는 평화롭고 안전한 냄새를 풍기지 않았다. 나를 둘러싼 세상이 무너졌다. 그는 나를 범인이라며 신고할 것이다. 사람들이 아버지에게 얘기할 것이고 어쩌면 경찰까지 출동할지 모른다. 온갖 혼돈의 공포가 나를 위협했고, 온갖 추하고 위험한 것들이 나와 대적하려 몰려들었다.

내가 도둑질을 한 적이 없다는 사실은 전혀 중요하지 않았다. 게다가 나는 맹세도 했다. 어쩌자고 그랬을까?

울컥 눈물이 솟구쳤다. 돈을 주어야 풀려나
겠다는 느낌이 들어 나는 절망적으로 호주머니
를 다 뒤졌다. 사과도, 주머니칼도, 아무것도 없
었다. 문득 시계 생각이 났다. 낡은 은시계였는
데 고장나서 가지는 않았지만 나는 '그냥' 차고
다녔다. 할머니가 물려주신 시계였다. 나는 얼른
시계를 풀었다.

"크로머. 내 말 들어. 신고하면 안 돼. 너한테도
좋을 게 없어. 내 시계를 줄게. 봐. 아쉽지만 그것
말고는 가진 게 없어. 너 가져, 은시계야. 고급품
이야. 약간 문제가 있기는 해도 수리하면 돼."

그가 미소를 지으며 큰 손으로 시계를 뺏었다.
그 손을 보니 그것이 얼마나 우악스러우며 심한
적대감이 담겨 있는지, 그것이 얼마나 내 삶과
평화를 노리는지 느껴졌다.

"은이야." 나는 주눅이 들어서 말했다.

"이따위 고물 은시계, 나는 관심 없어." 그는
경멸이 담긴 어투로 말했다. "너나 수리해서 써."

"프란츠." 나는 그가 가버릴까 봐 겁이 나서 덜덜 떨며 소리쳤다. "조금만 기다려. 이 시계 가져. 정말 은이야. 진짜야. 다른 건 가진 게 없어."

그는 업신여기는 눈빛으로 차갑게 나를 바라보았다.

"내가 누구한테 갈지 알긴 아는구나. 경찰한테 말할 수도 있어. 잘 아는 경찰관이 있거든."

그가 가려는 듯 몸을 돌렸다. 나는 그의 소매를 붙들었다. 그렇게 되어서는 안 된다. 그가 그렇게 가고 난 후에 일어날 일들을 모조리 견디느니 차라리 죽는 게 나았다.

"프란츠." 나는 너무 흥분한 나머지 목이 쉰 채로 애걸했다. "바보 같은 짓 하지 마. 그렇지, 그냥 장난이지?"

"그럼 장난이지. 하지만 너한텐 대가가 비쌀 수도 있어."

"프란츠, 내가 어떻게 하면 되는지 말만 해. 하라는 대로 다 할게."

그는 눈을 가늘게 뜨고서 나를 살피다가 다시 웃었다.

"바보같이 굴지 마." 그가 나를 생각하는 척 말했다. "너도, 나도 잘 알잖아. 나는 2마르크를 벌 수 있어. 나는 부자가 아니니까 그 돈을 버릴 수 없어. 너도 알지. 하지만 너는 부자야. 시계도 있잖아. 그러니까 네가 나한테 2마르크만 주면 돼. 그럼 다 해결돼."

나는 그의 논리를 이해했다. 하지만 2마르크라니! 나한테는 너무 큰 돈이었다. 10마르크, 100마르크, 1000마르크나 마찬가지로 손에 넣을 수 없는 돈이었다. 어머니가 맡아둔 저금통이 하나 있기는 했다. 우리 집에 오는 친척들에게서 받은 10페니히나 50페니히 동전 몇 개가 들어 있었다. 그것 말고는 한 푼도 없었다. 나는 아직 용돈을 받을 나이가 아니었다.

"한 푼도 없어." 나는 슬픈 목소리로 말했다. "돈이 하나도 없어. 하지만 돈 말고는 다 줄게.

인디안 책도 있고 장난감 병정도 있어. 나침반도 있고. 그거 갖고 와서 너한테 줄게."

크로머는 유들유들 심술궂게 입을 실룩하더니 바닥에 침을 뱉었다.

"헛소리하지 마." 그가 명령조로 말했다. "그런 쓰레기는 너나 가져. 나침반! 화 돋우지 말고 잘 들어. 돈 갖고 오라고."

"돈이 없는걸. 돈을 받아본 적이 없다니까. 나도 어쩔 수가 없어."

"그럼 내일 2마르크 가지고 와. 학교 끝나고 저 아래 시장에서 기다릴 테니까. 그럼 다 해결돼. 돈 안 가져오면 각오해."

"그건 알겠는데 어디서 돈을 가져오라고? 돈이 없는데."

"너희 집에 돈 많잖아. 그건 네가 알아서 할 일이고. 그럼 내일 학교 끝나고 봐. 분명히 말하는데 안 가져오면……" 그는 무시무시한 눈빛으로 내 눈을 쏘아보더니 또 한 번 침을 퉤 뱉고는 그림자처럼 사라져 버렸다.

나는 위층으로 올라갈 수가 없었다. 내 인생은 망가졌다. 이대로 달아나 영원히 돌아오지 말자고 생각했다. 아니면 물에 빠져 죽거나. 하지만 구체적인 장면이 떠오르지 않았다. 나는 어둑어둑한 층계 맨 아래 계단에 주저앉아 몸을 바짝 옹송그리고서 불행에 나를 맡겼다. 장작을 가지러 바구니를 들고 내려오던 리나가 울고 있는 나를 발견하였다.

나는 리나에게 식구들에게 아무 말도 하지 말라고 부탁하고는 위층으로 올라갔다. 유리문 옆 옷걸이에 아버지의 모자와 어머니의 양산이 걸려 있었다. 그 모든 물건에서 애정 어린 고향의 숨결이 내게로 몰려왔다. 내 심장은 옛 고향 집의 방을 보고 그 냄새를 맡은 탕자처럼 애원하고 감사하며 그것들을 반겼다. 그러나 그 모든 것은 이제 더는 내 것이 아니었다. 그 모든 것은 환한 아버지와 어머니의 세계였고, 나는 죄 많은 몸이 되어 낯선 강물로 깊이 가라앉았으며, 모험과 죄악에 얽혀들어 적에게 협박을 받고 있었다. 위험과 공포와 치욕이 나를 기다렸다. 모자와 양산, 낡았으나 질 좋은 사암 바닥, 마루 장식장 위에 걸린 큰 그림, 저 안쪽 거실에서 들려오는 누나들의 목소리, 그 모든 것이 그 어느 때보다 사랑스럽고 다정하고 소중했지만 더는 위안이, 안전한 자산이 아니었다. 온통 질책이었다. 이 모든 것이 더는 내 것이 아니었기에 나는 그것의 명랑함과 고요함을 함께 나눌 수 없었다. 나는 발판에 문질러 닦아버릴 수 없는 오물을 발에 묻혀왔고, 고향 세계는 모르는 그림자를 달고 왔다. 물론 지금껏 내게도 수없이 많은 비밀과 불안이 있었지만, 오늘 내가 이 방으로 끌고 온 것에 비하면 그것들은 다 애들 장난에 불과했다. 운명이 나를 쫓아오며 손을 뻗었고, 어머니도 나를 그 손길로부터 보호해줄 수 없었다. 아니 어머니는 그 손길을 알아서는 안 된다. 나의 범죄가 도둑질이었는지 거짓말이었는지 (하늘을 두고 거짓 맹세를 하지 않았던가?) 그건 아무래도 상관없었다. 내 죄는 이런저런 것이 아니었다. 내 죄는 악마에게 손을 내주었다는 것이었다. 왜 따라갔을까? 왜 아버지 말씀보다 크로머의 말을 더 잘 들었을까? 어쩌자고 그 도둑질 이야기를 꾸며냈을까? 왜 무슨 영웅담이라도 되는 양 범죄를 자랑했을까? 이제 악마가 내 손을 잡았다. 이제 적이 내 뒤를 쫓고 있었다.

나는 잠깐 내일의 공포를 잊었다. 무엇보다 이제 내 인생길이 점점 더 내리막을 달려 어둠으로 곤두박질칠 것이라는 무서운 확신이 들었다. 나의 잘못은 분명 새로운 잘못을 낳을 것이고, 누이들에게 보일 내 모습, 부모님께 드릴 인사와 키스가 거짓이며, 나는 그들이 모를 운명과 비밀을 끌고 다닐 것이라는 예감이 또렷이 들었다.

아버지의 모자를 보았을 때 잠깐 내 마음에 신뢰와 희망이 번뜩였다. 아버지께 다 털어놓고 그의 판결과 벌을 감수하여 아버지를 공범이자 구원자로 만들자! 그래봤자 자주 해오던 고해에 불과할 것이다. 힘들고 쓰디쓴 몇 시간, 후회하며 용서를 구하는 어려운 부탁에 불과할 것이다.

그 생각이 얼마나 달콤하게 느껴졌던가! 얼마나 유혹적이었던가? 그러나 그럴 수 없었다. 내가 그렇게 하지 않으리라는 것을 나는 알았다. 이제 내게는 비밀이 있다는 것을, 혼자서 스스로 감당해야 할 죄가 있다는 것을 나는 알았다. 어쩌면 나는 바로 지금 갈림길에 서 있는지도 모른다. 어쩌면 나는 이 시간부터 나쁜 편이 되어 나쁜 놈들과 비밀을 나누고 그들에게 집착하고 그들을 추종하며 그들과 같은 인간이 되어야 할지도 모른다. 나는 어른인 척, 영웅인 척했고 이제 그 대가를 치러야 했다.

내가 들어갔을 때 아버지가 젖은 신발만 보시고 야단을 치셔서 다행이었다. 신발에 정신이 팔려 아버지는 더 나쁜 일을 알아차리지 못했다.

나도 은근히 아버지의 관심을 그쪽으로 돌렸고, 또 그 정도의 질책이라면 충분히 참을 수 있었다. 그러다 보니 내 마음에서 야릇한 새 감정이 번뜩였는데, 가시를 가득 매단 무엇처럼 사악하고 강렬한 느낌이었다. 내가 아버지보다 우월하다는 기분이 든 것이다! 한순간 아무것도 모르는 아버지에게 살짝 경멸감을 느꼈고, 젖은 신발을 지적하는 아버지의 지청구가 하찮아 보였다. '아버지가 아신다면!' 그렇게 생각하자 살인을 자백해야 할 판인데 빵 하나 훔쳤다고 심문을 받는 범죄자가 된 기분이었다. 추악하고 역겨운 기분이었지만, 강렬했고 깊은 매력을 느꼈다. 그 감정이 나의 비밀과 죄에 대한 그 어떤 다른 생각보다 더 단단히 나를 옭아매었다. 어쩌면 크로머는 지금 벌써 경찰서에 가서 나를 신고했을지도 모른다. 나를 이렇게 어린애 취급하는 사이에 내 머리 위로 천둥 번개가 몰려오고 있을 것이다!

여기까지 털어놓은 이 모든 체험담에서 이 순

간이 가장 중요하고 오래 남은 순간이었다. 아버지의 신성함에 균열이 생겼다. 내 어린 시절을 떠받치던 기둥에, 모든 인간이 자신이 될 수 있으려면 파괴해야만 하는 그 기둥에 처음으로 칼자국이 났다. 아무도 보지 않은 이런 경험이 우리 운명의 내적이고 본질적인 선을 긋는다. 그런 칼자국과 균열은 다시금 커지고, 아물기도 하고 잊히기도 하지만 가장 은밀한 방에서 살아서 계속해서 피를 흘린다.

나는 이내 이런 새로운 감정이 무서워져서 당장 아버지의 발에 입 맞추며 용서를 빌고 싶었다. 하지만 본질적인 것을 용서할 수는 없는 법이며, 그것은 어린아이도 현자 못지않게 깊이 느끼고 잘 안다.

나는 내 문제를 곰곰이 생각하고 내일의 행보를 고민해볼 필요가 있다고 느꼈다. 하지만 그러지 못했다. 저녁 내내 오직 달라진 우리 거실 공기에 적응하느라 여념이 없었기 때문이다. 벽시

계와 탁자, 성경책과 거울, 책꽂이와 벽에 걸린
그림이 마치 내게 작별을 고하는 것 같아서 나는
얼어붙어 가는 심장을 부여잡고서 나의 세상이,
나의 행복하고 멋진 삶이 과거가 되어 내게서 떨
어져 나가는 모습을 지켜보아야 했고, 어둡고 낯
선 바깥에 새 뿌리를 내린 채로 꼼짝없이 붙들린
나를 느껴야만 했다. 나는 난생처음 죽음의 맛을
보았다. 죽음은 탄생이며, 엄청난 혁신을 겁내는
불안과 두려움이었기에 맛이 썼다.

  마침내 침대에 눕자 기뻤다. 조금 전에 마지
막 연옥의 불길을 지나듯 저녁 기도를 마쳤다.
우리는 노래도 불렀는데, 내가 제일 좋아하는 노
래 중 하나였다. 아, 나는 같이 부르지 않았다. 음
하나하나가 쓸개즙이자 독이었다. 아버지가 축
도를 하실 때는 함께 기도하지 않았다. 아버지가
"우리 모두와 함께하시기를!"이라는 말로 기도
를 마쳤을 때는 경련이 일어나 나를 이 무리에서
끌어내어 버렸다. 신의 은총은 그들 모두와 함께

했지만, 더는 나와 함께하지 않았다. 나는 완전히 지친 차가운 몸을 이끌고 그 자리를 떠났다.

한참을 침대에 누워 다정하게 나를 휘감는 온기와 위안을 느끼자니, 내 심장은 다시금 불안 속을 떠돌았고, 겁에 질려 지나간 일들 주변을 맴돌았다. 어머니는 언제나 그렇듯 잘 자라는 인사를 건넸다. 어머니의 발걸음 소리가 여전히 방에 남아 울렸고 어머니가 들고 온 초의 불빛이 여전히 문틈으로 빛났다. 나는 생각했다. 지금, 지금 어머니가 다시 돌아오신다. 어머니가 육감적으로 그 일을 알아차리시고서 내게 입 맞추며 묻는다. 다정하게, 희망을 주시며 물으신다. 그럼 나는 엉엉 울 수 있을 것이고 목에 걸린 돌덩이가 스르륵 녹을 것이며, 어머니를 얼싸안고서 사실을 털어놓을 것이다. 그러면 다 잘 될 것이고 구원이 찾아올 것이다. 그래서 나는 문틈이 다시 어둠에 잠기고 나서도 한참 동안 귀를 세우고서 생각했다. 그렇게 되어야 한다고 말이다.

그러다 나는 다시 그 일로 돌아와서 내 적의 눈을 들여다보았다. 녀석이 또렷하게 보였다. 그는 한쪽 눈을 감았고 입가에 야비한 웃음을 흘렸다. 그를 쳐다보며 도저히 빠져나올 수 없는 일이라고 받아들이자 그는 점점 커졌고 추악해졌으며 사악한 그의 눈이 악마처럼 번뜩였다. 잠이 드는 순간까지 그는 내 곁에 바짝 붙어 있었지만, 정작 꿈에서는 그와 오늘 일이 등장하지 않았다. 꿈에서는 우리가, 부모님과 누이들과 내가 배를 탔다. 우리는 온통 휴일의 평화와 찬란한 빛에 둘러싸여 있었다. 한밤중에 잠이 깼지만, 여전히 행복의 뒷맛이 느껴졌고 햇살에 반짝이는 누이들의 하얀 여름옷이 눈에 아른거렸다. 그러나 나는 그 모든 낙원에서 다시금 어제 일로 떨어졌고, 사악한 눈으로 나를 노려보는 적과 마주 서 있었다.

이튿날 아침 어머니가 허겁지겁 내 방으로 오셔서 늦었는데 왜 아직 누워 있느냐고 소리치실

때, 나는 안색이 좋지 않았다. 어머니가 어디 아프냐고 물으시자 그만 토하고 말았다.

토하니 좀 나은 것 같았다. 몸이 약간 안 좋아서 아침 내내 캐모마일 차를 옆에 두고 누워 있었다. 어머니가 옆방 청소를 하시고 리나가 현관 바깥에서 푸줏간 주인을 맞이하는 소리를 들으니 아주 좋았다. 학교에 가지 않는 오전은 마법 같은 것, 동화 같은 것이었다. 해가 방으로 비쳐 들어와 노닐었다. 같은 해였으나, 학교에서 초록 커튼을 쳐서 가리던 그 해가 아니었다. 하지만 오늘은 그런 즐거움을 느낄 수 없었고 가짜의 분위기를 풍겼다.

그래, 죽어버리면 좋겠어! 하지만 자주 그랬듯 나는 그냥 몸이 좀 안 좋을 뿐이어서 그것으로는 아무 일도 해결되지 않았다. 학교에는 안 갈 수 있었지만, 11시에 시장에서 나를 기다릴 크로머는 절대 피할 수 없었다. 어머니의 다정함도 이번에는 아무 위안이 되지 않았다. 그저 귀찮

았고 미안했다. 나는 금방 다시 잠든 척하며 곰곰
이 생각했다. 그 무엇도 소용없다. 나는 11시에
시장에 가 있어야 한다. 그래서 나는 10시에 조
용히 일어나 몸이 괜찮아졌다고 말했다. 보통 그
런 경우 나는 다시 침대에 눕거나 오후 수업을
받으러 학교에 가야 했다. 나는 학교에 가고 싶
다고 말했다. 계획이 있었던 것이다.

한 푼도 안 들고 크로머한테 갈 수는 없었다.
내 작은 저금통을 들고 와야 했다. 안에 든 돈이
넉넉하지는 않았다. 한참 부족하다는 것을 나는
알았다. 그래도 돈은 돈이다. 조금이라도 들고 가
는 것이 빈손으로 가는 것보다는 낫고 그것으로
크로머의 마음을 달래야 한다는 예감이 들었다.

양말만 신은 채 어머니 방으로 살금살금 들어
가서 어머니 책상에 놓인 저금통을 집어들었다.
기분이 좋지 않았다. 하지만 어제만큼은 아니었
다. 심장이 두근거려 숨이 답답했다. 아래 계단
으로 내려와 저금통을 열려고 하다가 잠긴 것을

알았을 때까지도 심장은 여전히 쿵쿵 뛰었다. 저금통을 부수는 것은 일도 아니었다. 구멍을 막은 얇은 격자형 함석판 하나만 찢으면 되었다. 그러나 찢긴 자리를 보니 속이 상했다. 이것으로 나는 결국 도둑질을 하게 되었으니 말이다. 지금까지는 훔쳐봤자 기껏 설탕이나 과일 정도였다. 그런데 이제 나는 내 돈일망정 돈을 훔쳤다. 나는 다시 한 걸음 더 크로머와 그의 세계로 다가갔다고 느꼈다. 아주 그럴싸하게 차근차근 내리막길을 내려가고 있다고 느꼈고, 어떻게든 내려가지 않으려 버둥거렸다. 그러나 악마가 와서 나를 데려간다 해도 이제는 돌아갈 수 없었다. 나는 불안한 마음으로 돈을 셌다. 저금통 안에 있을 때는 꽉 찬 소리가 났는데 꺼내 보니 한심할 만큼 적었다. 65페니히였다. 나는 저금통을 아래층 마루 밑에 숨기고 돈을 손에 꽉 쥐고서 집을 나섰다. 지금껏 이 대문으로 들어설 때와는 달랐다. 위층에서 누가 나를 부르는 것 같아서 나는 걸음을 재촉했다.

　아직 시간이 많이 남았다. 나는 일부러 빙 두르는 에움길로 들어섰고 달라진 도시의 골목을, 한 번도 본 적 없는 구름 아래로 나를 지켜보는 집들과 나를 의심하는 사람들을 지나쳤다. 걷다가 문득 학교 친구 하나가 가축 시장에서 1탈러[1] 짜리 은화 한개를 주웠던 적이 있다는 생각이 났다. 신께서 기적을 베푸시어 나도 그렇게 돈을 줍기를 기도하고 싶었다. 하지만 이제 내게는 더는 기도할 자격이 없었다. 설사 있다 해도 저금통이 다시 멀쩡해지지는 않을 것이다.

　프란츠 크로머는 멀찍이서 나를 알아보고도 아주 천천히 내게로 걸어왔고 나한테 관심이 없는 것처럼 굴었다. 가까이 온 그는 눈짓으로 따라오라는 명령을 내리더니 한 번도 돌아보지 않고 차분히 스트로가세를 따라 내려갔고, 판자 다

---

1 수백 년간 유럽에서 통용된 은화.

리를 건너 인가가 끝나는 지점의 신축 건물 앞에서 걸음을 멈추었다. 집은 공사를 하다 멈춘 탓에 문이나 창문도 없이 벽들만 휑하니 서 있었다. 크로머는 주변을 살피더니 대문 안으로 들어갔고 나도 따라 들어갔다. 그가 벽 뒤편으로 들어가서 손짓으로 나를 부르고는 손을 내밀었다.

"가져왔겠지?" 그가 냉랭하게 물었다.

나는 호주머니에서 주먹 쥔 손을 꺼내 그의 손바닥에 돈을 쏟았다. 마지막 5페니히의 짤랑대는 소리가 멎기도 전에 그는 셈을 마쳤다.

"65페니히네." 그가 말하며 나를 쳐다보았다.

"응." 나는 기어들어가는 목소리로 말했다. "그게 내가 가진 전부야. 너무 적지. 나도 알아. 하지만 그것뿐이야. 더는 없어."

"머리가 좀 돌아가는 놈인 줄 알았더니." 그가 거의 온순하다 싶은 말투로 야단을 쳤다. "신사들끼리는 원칙을 지켜야지. 정당하지 않은 걸 너한테서 뺏으려는 게 아니잖아. 너도 알지. 이따위 쇠붙이는 도로 가져가. 자. 저쪽은, 너도 누군지 알지. 저쪽은 값을 깎으려고 하지 않아."

"하지만 이게 전부야. 이거 내가 저금한 돈이었어."

"그건 네 사정이고. 나는 널 불행하게 만들고 싶지 않아. 너는 나한테 1마르크 35페니히 빚을 졌어. 언제 갚을 거야?"

"꼭 갚을게, 크로머! 지금은 모르겠어. 아마 금방 더 생길 거야. 내일 아니면 모레, 아버지께 말씀드릴 수 없다는 건 너도 이해하지."

"그건 나랑 상관없는 일이고. 너한테 피해 주고 싶지 않다고 했잖아. 나는 수요일 전에 내 돈을 받을 수도 있어. 봐. 나는 가난해. 너는 좋은 옷을 입고 점심도 나보다 더 좋은 걸 먹겠지. 하지만 나는 아무 말도 안 할 거야. 조금 더 기다려 줄 거야. 모레 휘파람을 불게. 오후에. 그때는 제대로 가져와. 내 휘파람 소리 알지?"

그가 내 앞에서 휘파람을 불었다. 자주 듣던

소리였다.

"응, 알아." 내가 말했다.

그는 내가 자기랑 아무 상관없는 사람인 양 휙 가버렸다. 우리 사이에는 거래가 있었을 뿐, 더는 아무것도 없었다.

크로머의 휘파람 소리를 문득 다시 듣는다면 나는 아마 지금도 깜짝 놀랄 것이다. 그날부터 자주 그 소리를 들었고, 지금도 여전히 계속해서 그 소리를 듣는 것 같으니 말이다. 나를 노예로 만들어버린 그 휘파람 소리, 이제는 내 운명이 되어버린 그 소리는 어떤 장소, 어떤 놀이, 어떤 일과 생각마저 가리지 않고 헤집고 들어왔다. 단풍이 고운 따스한 가을의 오후면 나는 무척 좋아하던 우리 집 작은 화단으로 자주 내려갔다. 그리고 이상한 충동에 사로잡혀 예전 꼬마 적에 하던 놀이를 다시 했다. 그러니까 나보다 어린 꼬마 역할 놀이를 했다. 아직 선하고 자유로우며 순진하고 안전한 꼬마 말이다. 하지만 늘 예상은 하고 있어도 늘 엄청나게 훼방을 놓고 놀라게 만들던 크로머의 휘파람 소리가 어디선가 들려와 실을 탁 끊었고 상상을 깨부수었다. 그러면 나는 그쪽으로 걸어가서 나를 괴롭히는 그놈을 따라 추악하고 더러운 장소로 가야 했고 변명을 늘어놓아야 했고 돈을 가져오라는 경고를 받아야 했다. 아마 몇 주 정도 그랬을 텐데, 나에게는 몇년, 아니 영원처럼 느껴졌다. 나는 돈을 거의 구할 수 없었다. 있어봤자 리나가 장바구니를 부엌 식탁에 올려두면 거기서 훔친 5페니히 아니면 10페니히 동전이었다. 크로머는 매번 나를 야단 쳤고 멸시했다. 내가 그를 속였으며 그의 정당한 권리를 빼앗으려 한다고, 내가 그의 몫을 가로챘고 내가 그를 불행하게 만들었다고 말이다. 사는 동안 고통이 이 정도로 심장 근처까지 치솟은 적은 드물었다. 이보다 더 큰 절망과 속박감을 느껴본 적도 드물었다.

저금통은 장난감 돈으로 채워서 다시 원래 장소에 갖다 놓았고, 아무도 그에 대해 묻지 않았다. 하지만 그 일 역시 언제라도 발각될 수 있었다. 어머니가 소리 죽여 내게로 다가올 때면 나는 혹시라도 저금통 이야기를 하러 오시는 것은 아닐까 하여 크로머의 야비한 휘파람 소리보다 어머니가 더 겁났다.

돈을 못 구한 채로 나의 악마에게 불려간 적도 많았기에 그는 나를 다른 방식으로 괴롭히고 이용하기 시작했다. 나는 그를 대신해서 온갖 일을 해야 했다. 그는 자기 아버지 심부름을 내게 시켰다. 혹은 십 분 동안 한 발로 뛰기, 지나가는 사람 옷에 종이쪽지 붙이기 같이 뭔가 고약한 짓을 시켰다. 나는 밤마다 꿈에서도 괴롭힘을 당했고 악몽에 시달려 땀에 흠뻑 젖었다.

한동안 아팠다. 자주 토했고 걸핏하면 오한이 났으며 밤마다 땀을 흘렸고 열이 났다. 어머니는 뭔가 이상한 낌새를 눈치채셨는지 나에게 온통 관심을 쏟았지만, 나는 어머니에게 신뢰로 화답할 수 없어서 괴로웠다.

한번은 밤에 이미 자리에 누웠는데 어머니가 초콜릿 한 조각을 가져오셨다. 내가 착하게 군 날 밤이면 잠자리에 들 때 자주 그런 주전부리를 갖다 주시곤 하던 어린 시절의 추억이 떠오르셨던 것이다. 어머니가 거기 서서 내게 초콜릿 조각을 내밀었다. 나는 너무 마음이 아파서 그저 고개만 저었다. 어머니는 어디가 아프냐고 물으며 내 머리를 쓰다듬었다. 나는 이 말밖에 할 수 없었다. "아니에요. 그게 아니라 아무것도 안 먹고 싶어요." 어머니는 초콜릿을 협탁에 놓고 나가셨다. 이튿날 어머니가 그 일을 캐물으려고 하시자 나는 아무것도 모르는 척했다. 다른 날에는 어머니가 의사를 데려오셔서 진찰을 시켰다. 의사는 아침에 찬물로 씻으라는 처방을 내렸다.

당시 내 상태는 일종의 정신착란이었다. 질서 정연한 우리 집의 평화 한가운데에서 나는 유령처럼 겁을 집어먹고서 고통에 젖어 살았고 다른 식구들의 삶에 관심을 보이지 않았다. 한 시간이라도 나를 잊은 적이 드물었다. 자주 화를 내시며 말을 해보라 재촉하시는 아버지께는 마음의 문을 걸어 잠근 채 차갑게 굴었다.

2장
—
카인

나를 고통으로부터 건져낸 구원은 전혀 예상치
못한 방향에서 찾아왔고, 그와 동시에 새로운 것
이 내 인생으로 들어와 지금까지 계속 영향을 미
치고 있다.

　우리 라틴어 학교에 얼마 전 새 학생이 한 명
들어왔다. 우리 도시로 이사를 온 부유한 미망인
의 아들이었는데 소매에 검은 띠를 두르고 다녔
다. 나보다 한 학년 높았고 나이도 몇 살 더 많았
는데, 모두가 그랬듯 나 역시 이내 그에게 관심
이 갔다. 이 이상한 학생은 실제보다 훨씬 나이

가 많아 보였고 전혀 소년이라는 인상을 주지 않았다. 유치한 우리 사내아이들 사이에서 그는 어른처럼, 어른이라기보다 신사처럼 낯설고도 성숙하게 행동했다. 인기는 없었다. 그는 놀이에도 끼지 않았고 싸움박질에는 더더욱 상관하지 않았다. 그래도 선생님을 향한 그의 자신감 있고 단호한 말투는 다른 아이들도 좋아했다. 그의 이름은 막스 데미안이었다.

우리 학교에서는 자주 있는 일로, 어느 날 무슨 이유인지는 몰라도 아주 넓은 우리 반 교실로 다른 반이 들어와 수업을 받는 일이 있었는데 그날은 데미안의 반이었다. 우리 저학년은 성경 이야기 시간이었고 고학년은 작문 시간이었다. 우리가 카인과 아벨의 이야기를 듣는 동안 나는 데미안의 얼굴이 풍기는 독특한 매력에 빠져 자주 그를 건너다보았다. 작문을 하느라 고개를 숙인 그 총명하고 맑은 얼굴은 신중하고 단호해 보였다. 숙제를 하는 학생이 아니라 자기 문제를 고민하는 학자 같았다. 사실 나는 그가 좋지는 않았다. 오히려 약간 반감이 있었다. 그가 너무 우월하고 차가워 보였고, 그의 본성이 공격적일 정도로 확고해 보였기 때문이다. 그의 눈은 약간 슬픈 조롱의 빛이 섞인 — 애들이 절대로 좋아하지 않을 — 어른의 표정을 담고 있었다. 하지만 나는 연신 그를 쳐다볼 수밖에 없었다. 그가 좋기도 하고 싫기도 했던 것 같다. 그도 한 번 나를 쳐다본 적이 있었는데, 나는 깜짝 놀라 얼른 눈길을 거두었다. 지금에 와서 당시 학창 시절의 그가 어떤 모습이었는지 떠올려보면 이렇게 말할 수 있을 것이다. 그는 모든 면에서 우리와 달랐고 철저히 독자적이고 개성이 뚜렷했으며 그로 인해 눈에 띄었다고. 하지만 그는 동시에 눈에 띄지 않으려고 최선을 다했고 농촌 아이들 틈에서 그들과 같이 보이려고 안간힘을 쓰는 변장한 왕자같이 행동했다.

하굣길에 그가 나를 따라왔다. 다른 아이들이

뿔뿔이 흩어지자 그가 나를 따라잡더니 인사를 건넸다. 그 인사 역시도 우리 어린 학생들 말투를 흉내 냈어도 너무 어른스럽고 깍듯했다.

"조금 같이 걸어도 되겠지?" 그가 다정하게 물었다. 나는 기분이 좋아져서 고개를 끄덕였다. 그리고는 내가 어디 사는지 말해주었다.

"아, 거기?" 그가 미소를 지으며 말했다. "그 집은 나도 알아. 너희 집 대문 위에 이상한 물건이 붙어 있잖아. 보자마자 관심이 생겼거든."

나는 그가 무엇을 말하는지 바로 알아차리지 못했고, 그가 나보다 우리 집을 더 잘 아는 것 같아서 놀랐다. 아마도 아치형 대문 위에 붙은 마감석을 말하는 것 같았는데, 일종의 문장으로, 세월이 흐르는 사이 납작해졌고 여러 번 덧칠도 했다. 내가 아는 한, 우리나 우리 가문과는 아무 상관이 없었다.

"나는 아는 게 없어." 나는 쑥스러워하며 말했다. "새나 그 비슷한 거야. 아마 아주 오래된 걸 거야. 집이 예전에 수도원 건물이었다고 했거든."

"그럴 수도 있겠네." 그가 고개를 끄덕였다.
"한번 잘 봐! 그런 것들이 대부분 아주 재미있거든. 나는 새매인 것 같아."

우리는 계속 걸어갔고 나는 어쩔 줄 몰랐다. 갑자기 데미안이 재미난 생각이 난 것처럼 웃었다.

"그래, 내가 너희 수업 시간에 같이 있었지."
그가 신이 나서 말했다. "이마에 표식이 찍힌 카인 이야기, 그렇지? 마음에 들었어?"

아니, 학교에서 배워야 하는 것이 마음에 든 적은 거의 없었다. 하지만 감히 그 말을 할 용기가 나지 않았다. 마치 어른하고 이야기하는 것 같았다. 나는 그 이야기가 아주 마음에 든다고 대답했다.

데미안이 내 어깨를 툭툭 쳤다.

"나한테는 거짓말할 필요 없어. 친구. 그 이야기는 사실 정말 이상해. 수업 시간에 배우는 대부분의 다른 이야기들보다 훨씬 더 이상한 것 같

아. 선생님은 별말씀 안 하셨지. 신과 죄 등등에 대해 흔히 하는 이야기만 하셨고. 하지만 내가 보기에는……." 그가 말을 끊고 미소를 지으며 물었다. "근데 이 이야기에 관심 있어?"

"그래, 그러니까 내가 보기에는," 그가 말을 이었다. "이 카인 이야기를 완전히 다르게도 이해할 수 있는 거지. 가령 이 카인과 그의 이마에 찍힌 표식은 선생님 설명으로는 완전히 만족할 수가 없어. 너도 그렇게 생각하지 않아? 어떤 사람이 싸우다가 자기 형제를 때려죽이는 일은 분명 일어날 수 있어. 그러고나서 공포에 사로잡혀 순종하는 일도 가능해. 하지만 그가 그 비겁함의 대가로 훈장을 받고, 그 훈장이 그를 보호하여 다른 이들에게 공포심을 심어준다니 그건 정말 이상하잖아."

"그렇기는 하지만!" 나는 마음이 동해서 이렇게 대꾸했다. 그 이야기가 내 마음을 사로잡기 시작한 것이다. "그 이야기를 어떻게 다르게 설명한단 말이야?"

그가 내 어깨를 쳤다.

"아주 간단해. 표식이 이미 존재했고 그 이야기를 출발시킨 시작점이 표식이었어. 다른 사람들을 공포에 떨게 하는 무언가를 얼굴에 담고 있는 어떤 남자가 있었던 거야. 사람들은 감히 그를 건드리지 못했지. 그가 그들을 압도했거든. 그와 그의 자식들이. 어쩌면, 아니 확실히 그래. 실제로 이마에 우체국 소인처럼 표식이 찍혀 있었던 것은 아닐 거야. 사람 사는 일이 그렇게 단순한 경우는 드물거든. 그보다는 거의 알아보지 못할 어떤 무서운 것이었을 거야. 그의 눈빛이 보통 사람들보다 조금 더 총명하고 대담했겠지. 그 남자는 힘이 있어서 사람들이 그를 겁냈어. 그에게는 '표식'이 있었어. 그걸 각자 원하는 대로 설명할 수 있겠지. 그런데 '사람'은 늘 자기 편한 것, 자기가 옳다고 생각하는 것을 원하거든. 그래서 사람들은 카인의 자손을 두려워했어. 그들에게 '표식'이 있었으니까. 그러니까 사람들은 그 표식을 원래대로 칭찬이라고 설명하지 않고 그 반대로 설명했던 거라고. 그 표식이 있는 놈들은 무섭다고 말이야. 실제로 그들이 그렇기도 했고. 사람들은 용기가 있고 개성이 강한 사람들을 늘 아주 무서워하거든. 두려움을 모르는 무시무시한 족속이 돌아다니면 마음이 정말 불편할 테니까. 그래서 복수하려고, 참고 견딘 두려움을 조금이나마 보상받으려고 그자에게 별명과 이야기를 지어 붙인 거야. 이해가 되니?"

"응. 그러니까 카인은 전혀 나쁜 사람이 아니었다는 거잖아. 그럼 성경에 적힌 이야기들이 전부 다 사실이 아니란 거야?"

"그렇기도 하고 아니기도 하지. 그렇게 오래된 옛날 옛적 이야기들은 늘 사실이야. 하지만 항상 사실대로 기록되지도 않고 항상 사실대로 설명되지도 않지. 한마디로 나는 카인이 훌륭한 놈이었다고 생각해. 다만 사람들이 그를 무서워해서 그에게 이런 이야기를 갖다 붙인 거야. 그 이야기는 그냥 소문이었던 거야. 사람들이 여기 저기 떠들고 다니는 그런 이야기 말이야. 하지만 카인과 그의 자손이 실제로 일종의 '표식'을 달고 다녔고, 대부분의 사람과 달랐던 것은 분명히 사실이야."

나는 크게 놀랐다.

"그렇다면 너는 동생을 때려죽인 것도 사실이 아니라고 생각해?" 나는 충격을 받아 물었다.

"아니, 그건 확실히 사실이야. 강자가 약자를 때려죽였지. 그자가 정말로 자기 형제였는지는 의심할 여지가 있어. 하지만 그건 중요하지 않아. 따지고 보면 모든 인간은 형제니까. 어쩌면 그건 영웅적인 행동이었을 것이고 어쩌면 아닐지도 모르지. 어쨌든 다른 약자들은 이제 겁에 질려서 한탄을 해댔을 거야. 누가 그들에게 '너 희들도 그놈을 그냥 죽여버리면 될 것을, 왜 안 그러냐?'고 물으면 그들은 '우리가 겁쟁이라서

64

그래요'라고 대답하지 않고 '그럴 수 없어요. 그에게는 표식이 있어요. 신이 그에게 그려주셨죠!'라고 대답했던 거지. 분명 그 사기는 대충 그렇게 해서 생겨났을 거야. 저런, 내가 너를 못 가게 붙들고 있었구나. 그럼 잘 가."

그는 알트가세로 접어들었고, 혼자 남겨진 나는 그 어느 때보다 혼란스러웠다. 그가 가자마자 그의 말이 모두 믿을 수 없는 소리란 생각이 들었다. 카인이 고귀한 인간이고 아벨이 겁쟁이라니! 카인의 표식이 상이라니! 말도 안 되었다. 신성모독이었고 비열했다. 그렇다면 신은 어디에 있단 말인가? 신은 아벨의 제물을 받지 않으셨던가? 신은 아벨을 아끼지 않으셨던가? 아냐. 말도 안 되는 소리야! 나는 데미안이 나를 놀렸다고, 나를 골탕 먹일 속셈이었다고 짐작했다. 정말 영리한 녀석이고 말도 참 잘했지만, 그런 건…… 아니다…….

어쨌든 나는 아직 한 번도 성경에 나오는 이야

기나 다른 이야기에 대해 그렇게 많이 생각해 본 적이 없었다. 그리고 한참 전부터 몇 시간 동안이나, 온 저녁 내내 프란츠 크로머를 완전히 잊어버린 적도 없었다. 나는 집에 와서 성경에 적힌 그 이야기를 처음부터 끝까지 읽어보았다. 이야기는 짧고 명확했다. 여기서 숨겨진 특별한 의미를 찾다니 완전히 미친 짓이었다. 만일 그렇다면 사람을 때려죽인 자는 모두 신의 총아라고 만천하에 선언할 수 있을 것이다. 아니다. 말도 안 되는 헛소리다. 데미안이 그런 말을 하는 방식만은 근사했다. 모든 것이 당연한 듯 가볍고 매력적이었다. 거기에 그 눈빛이라니!

나 자신도 정상은 아니었다. 정상은커녕 아주 엉망진창이었다. 나는 환하고 깨끗한 세상에서 살았다. 나 스스로가 일종의 아벨이었다. 그런데 지금 나는 '다른 세계'에 너무도 깊이 빠져들었다. 그곳으로 추락하여 묻혀버렸다. 하지만 근본적으로 내가 할 수 있는 일은 그리 많지 않았다.

어쩌다가 이렇게 되었을까? 맞다. 지금 머리에 기억 하나가 번쩍 솟구쳐 잠시 내 숨통을 틀어막았다. 지금의 고난이 시작되었던 그 몹쓸 날 저녁에, 거기에 아버지가 함께 계셨다. 나는 잠시나마 아버지와 아버지의 환한 세상, 그리고 세상의 지혜를 문득 꿰뚫어 본 것 같았고, 그것들을 멸시하였다! 그랬다. 그때는 나는 내가 카인이고 표식을 달고 있다고 상상하였다. 그것이 치욕이 아니라 훈장이라고, 내가 나쁜 행동과 불행을 통해 아버지보다, 선하고 경건한 사람들보다 더 높이 있다고 상상했다.

물론 그때 나는 이런 식의 또렷한 생각으로 그 일을 경험한 것은 아니었다. 하지만 이 모든 것이 그 안에 들어 있었다. 그것은 여러 감정이, 가슴 아프지만 자부심으로 나를 채운 이상한 흥분이 화르르 타오른 것에 불과했다.

가만히 생각해보니 데미안은 겁이 없는 사람과 겁쟁이에 대해 얼마나 이상하게 이야기했던

가! 카인의 이마에 찍힌 표식을 얼마나 이상하게 해석했던가! 그의 눈, 그 이상한 어른의 눈은 그 이야기를 하는 동안 얼마나 환히 빛났던가! 그리고 희미하나마 이런 생각이 뇌리를 스치고 지나갔다. 그 자신이, 데미안이 일종의 카인이 아닐까? 카인과 닮았다고 느끼지 않는다면 무엇하러 카인을 변호하겠는가? 왜 그의 눈빛에는 그런 힘이 담겨 있는 걸까? 왜 그는 '다른 사람들'을 그렇게 경멸하듯 말할까? 겁 많은 사람들, 원래는 신성하고 신의 마음에 드는 사람들을 말이다.

생각이 끝없이 꼬리에 꼬리를 물고 이어졌다. 연못에 돌멩이 하나가 던져졌다. 그 연못은 내 어린 영혼이었다. 그리고 오래도록, 정말로 오래도록 카인과 살인, 표식은 깨달음과 회의, 비판에 이르려는 나의 모든 노력이 시작된 지점이었다.

보아하니 다른 아이들도 데미안에게 관심이

많았다. 카인 이야기는 아무한테도 하지 않았지만 다른 아이들도 그에게 흥미를 느끼는 것 같았다. 적어도 '새로 온 아이'를 둘러싼 온갖 소문이 돌고 있었다. 내가 그 소문들을 다 알기만 했어도 하나씩 하나씩 그를 알아갔을 것이고 그를 해석해 갔을 것이다. 내가 알았던 것은 그저 처음에 데미안의 어머니가 아주 부자로 소문이 났다는 사실뿐이었다. 또 그녀가 절대로 교회에 가지 않으며, 아들도 마찬가지라는 말도 돌았다. 어떤 이는 모자가 유대인이라고 의심했지만, 남들 몰래 이슬람교를 믿는지도 몰랐다. 그뿐 아니라 막스 데미안의 힘을 둘러싸고도 이야기가 돌았다. 확실한 것은 그의 학급에서 힘이 제일 센 놈이 그에게 싸움을 걸었다가 그가 거절하자 겁쟁이라고 불렸고, 이에 데미안이 무자비하게 망신을 주었다는 사실이었다. 그 자리에 있었던 아이들의 말로는 데미안이 그냥 한 손으로 녀석의 멱살을 잡고 낚아채자 녀석이 얼굴이 하얘져서는 슬금슬금 달아났는데 며칠 동안 팔을 못 썼다고 했다. 심지어 어느 날 저녁에는 그가 죽었다는 소문이 돌 정도였다. 온갖 소문이 한동안 시끄러웠고 모두가 그 소문을 믿었으며 소문마다 놀랍고 기괴했다. 그러다가 한동안은 잠잠했다. 하지만 얼마 못 가 학교에서 새로운 소문이 돌았는데, 이번에는 데미안이 여자아이를 사귀며, "알 거 다 안다"는 내용이었다.

그사이 프란츠 크로머와의 일은 어쩔 수 없는 길을 계속 가고 있었다. 나는 그에게서 벗어나지 못했다. 그가 며칠씩 나를 가만히 내버려두어도 나는 그에게 매여 있었다. 그는 꿈에서 그림자처럼 나와 함께 살았고, 꿈에서는 현실에서 저지르지 않은 일도 마구 저질러서 나는 완전히 그의 노예가 되었다. 나는 현실보다 꿈에서 살아가는 심한 몽상가였으니까. 그 그림자로 인해 나는 기력과 활기를 잃었다. 크로머가 나를 학대하고 내게 침을 뱉고 내 몸에 올라타는 꿈을 특히 자주 꾸었는데, 그보다 더 나쁜 꿈은 그가 나를 유혹하여 ─ 유혹하였다기 보다는 그냥 엄청난 영향력으로 강요하였다는 말이 더 맞겠다- 중범죄를 저지르게 하는 꿈이었다. 그중에서도 제일 끔찍해서 반미치광이처럼 깨어났던 꿈은 우리 아버지를 덮쳐 죽이는 내용이었다. 크로머가 칼을 갈아 내 손에 쥐여주었고, 우리는 가로수길 나무 뒤에 서서 누군가를 노렸다. 나는 누구인지 몰랐는데, 누가 다가오자 크로머가 내 팔을 밀면서 저 사람을 찔러 죽여야 한다고 말했다. 바로 우리 아버지였고, 그 순간 잠이 깼다.

　이런 일들 탓에 나는 여전히 카인과 아벨을 생각했지만, 데미안 생각은 특별히 더 하지 않았다. 이상하지만 그를 처음으로 다시 만난 곳도 역시나 꿈이었다. 나는 또 학대와 폭력의 꿈을 꾸며 괴로워하였는데 이번에는 나를 올라탄 녀석이 크로머가 아니라 데미안이었다. 정말 새롭고 깊은 인상을 남긴 점은, 내가 크로머한테 그런 일을 당할 때는 괴롭고 반발심이 일었지만, 데미안이 그럴 때는 흔쾌히 받아들였다. 고통만큼 기쁨도 느꼈다. 그런 꿈을 두 번 꾸었고, 그 후로는 다시 꿈에 데미안 대신 크로머가 등장했다.

내가 이렇게 꿈과 현실에서 겪은 일을 명확히 구분하지 못한 지는 벌써 한참 전이다. 어쨌든 크로머와 나의 고약한 관계는 예정된 방향으로 계속 나아갔고, 내가 요리조리 푼돈을 훔쳐서 결국 빚진 돈을 다 갚고도 끝나지 않았다. 끝나기는커녕 이제는 그가 나의 도둑질도 알았다. 돈을 줄 때마다 늘 어디서 났냐고 물었기 때문이다. 나는 전보다 더 그의 손아귀에 잡혀 있었다. 그는 자주 아버지에게 다 말하겠다고 나를 협박했고, 그럴 때면 두려움 못지않게 애당초 그런 짓을 하지 말았어야 했다는 깊은 후회가 밀려왔다. 그러나, 아무리 괴로웠어도 모든 것을 다 후회하지는 않았다. 적어도 항상 후회하지는 않았고, 이따금 모든 일이 그럴 수밖에 없었다는 기분도 들었다. 운명이 나를 덮쳤으니, 저항해 보았자 아무 소용 없다고 말이다.

아마 우리 부모님은 이런 상황 탓에 꽤나 괴로웠을 것이다. 내가 정체 모를 귀신에 들려서 끈끈했던 우리 공동체에 더는 끼지 않으니 말이다. 나는 잃어버린 낙원을 향하듯 자주 그 공동체를 향한 미친 듯한 향수에 시달렸다. 특히 어머니는 나를 후레자식이 아니라 환자 취급을 했다. 하지만 실상이 어떤지는 두 누이의 행동을 보면 가장 잘 알 수 있었다. 나를 무척 아끼면서도 한없이 불쌍하게 보았는데 그 태도에서 내가 일종의 귀신 들린 인간이며, 마음에 악이 들어앉아 있기에 야단을 치기보다는 딱하게 여겨야 할 인간이라는 생각이 확연히 드러났다. 나는 가족들이 평소와 다르게 나를 위해서 기도한다고 느꼈고, 그런 기도가 부질없다는 것을 잘 알았다. 제대로 고해하고 불안을 내려놓고 싶은 욕망과 갈망이 뜨겁게 타올랐지만, 아버지께도 어머니께도 이 모든 일을 제대로 말하고 설명할 수 없으리라는 예감도 들었다. 물론 두 분이 나를 다정하게 받아들이고 매우 아끼며 안타까워하리라는 것은 잘 알았다. 하지만 온전히 이해하지는 못할 터였다. 운명이었던 이 모든 일을 일종의 탈선으로만 여겼을 것이다.

나는 안다. 아직 열한 살도 안 된 아이가 그렇게 느낄 수 있다고 믿는 이는 많지 않을 것이다. 이런 이들에게는 내 이야기를 하지 않을 것이다. 그런 이야기는 인간을 더 잘 아는 이들에게만 털어놓을 것이다. 생각으로 자기 감정의 일부를 바꿀 줄 아는 어른들은 아이들에게는 그런 능력이 없다고 여기고, 그런 경험도 존재하지 않는다고 짐작한다. 하지만 나는 살면서 그때처럼 심오한 경험을 하고 극심한 고통을 겪었던 적이 별로 없었다.

비가 오는 날이었다. 나를 괴롭히는 그놈이 부

르크플라츠로 오라고 호출을 했다. 나는 그곳에 서서 빗방울이 뚝뚝 듣는 검은 밤나무에서 떨어 지는 젖은 이파리들을 발로 헤집으며 기다렸다. 돈은 없었지만, 크로머에게 최소한 뭔가 주기는 해야 할 것 같아서 케이크 두 조각을 들고 왔다. 어딘가 구석진 자리에 서서 그를 기다리는 일에 익숙해진 지 오래였다. 가끔은 아주 오래 기다렸 지만, 어쩔 수 없는 일을 감수하듯 그것도 받아 들였다.

마침내 크로머가 왔다. 그날 그는 오래 있지 않았다. 그가 내 갈비뼈를 몇 대 툭툭 치더니 웃 으며 케이크를 받아들었고, 심지어 물에 젖은 담 배 한 개비를 권하기도 했다. 물론 나는 받지 않 았지만, 녀석은 평소보다 훨씬 다정하게 굴었다.

"맞다. 내가 잊어먹을까 봐 말하는데, 다음번 에는 누나 데리고 와라. 이름이 뭐더라?"

나는 영문을 몰라 대답도 하지 않았다. 그저 어리둥절한 표정으로 그를 쳐다보았다.

"못 알아들었어? 네 누나를 데리고 오라고."

"알아들었어. 크로머. 근데 그건 안 돼. 그건 하면 안 되는 짓이야. 누나가 따라오지도 않을 거고."

나는 이번에도 또 장난이거나 나를 괴롭힐 구실에 불과하다고 생각했다. 그는 그런 짓을 자주 해서, 말도 안 되는 것을 요구하여 나를 놀라게 하고 창피를 주었고 그래놓고는 천천히 나와 협상을 했다. 그럴 때는 그 일을 무마하기 위해 돈이나 다른 선물을 갖다 바쳐야 했다.

그런데 이번에는 완전히 달랐다. 내가 거절했는데도 크로머는 전혀 화를 내지 않았다.

"뭐. 그러겠지." 그가 건성으로 대답했다. "한 번 생각해 봐. 나는 네 누나와 알고 지내고 싶으니까. 그거야 괜찮지. 네가 그냥 누나를 데리고 산책을 나와, 그럼 내가 낄 테니까. 내일 내가 휘파람을 불 테니까 한 번 더 상의해 보자."

그가 가고 나자 문득 그가 바라는 것이 어떤

의미인지 어렴풋하게 떠올랐다. 나는 아직 완전
어린애였지만, 조금 더 나이가 들면 남자애와 여
자애가 은밀하고 상스러운 금지된 짓들을 같이
할 수 있다는 것을 소문으로 들어 알았다. 그러
니까 내가 이제…… 이것이 얼마나 엄청난 일인
지, 갑자기 정신이 번쩍 들었다. 나는 당장 절대
그렇게 하지 않겠다고 단단히 결심했다. 하지만
그다음에 무슨 일이 일어날 것이며 크로머가 어
떻게 내게 복수할 것인지는 감히 생각할 엄두가
나지 않았다. 새로운 고문이 시작되었다. 아직도
충분치 않았던 것이다.

　절망의 심정으로 나는 주머니에 손을 찌른 채
로 빈 광장을 걸었다. 새로운 고통, 새로운 멍에
였다!

　그때 경쾌한 저음의 목소리가 나를 불렀다. 나
는 화들짝 놀라 달리기 시작했다. 누가 쫓아와서
뒤에서 부드럽게 나를 붙잡았다. 막스 데미안이
었다.

나는 뿌리치지 않았다.

"너였어?" 나는 불안한 목소리로 말했다. "깜짝 놀랐잖아."

그가 나를 쳐다보았다. 그의 눈빛은 그 어느때보다 더 어른의 눈빛, 우월한 사람, 속을 꿰뚫어 보는 사람의 눈빛이었다. 우리가 이야기를 나눈 지는 한참 전이었다.

"미안." 그는 깍듯하면서도 아주 단호한 투로 말했다. "그렇게 놀랄 필요는 없어."

"뭐, 그럴 수도 있지."

"그렇지. 하지만 있잖아. 너한테 아무 짓도 안했는데 네가 그렇게 놀라면 그 사람은 고민하기 시작해. 이상한 생각이 들고 호기심이 발동하는 거야. 그 사람은 네가 이상하게 잘 놀란다고, 또 사람은 무서울 때 그런다고 생각하지. 하지만 나는 네가 원래 겁쟁이가 아니란 걸 알아. 그렇지 않아? 아, 물론 그렇다고 네가 무슨 영웅인 것은 아니지. 네가 무서워할 일도, 네가 무서워하는 사람도 있을 것이고. 그런데 그런 사람이 있으면 안 돼. 사람을 무서워해서는 안 될 일이야. 너는 내가 무섭지 않지?"

"아, 그럼, 전혀 안 무섭지."

"바로 그거야. 봐. 근데 네가 무서워하는 사람들이 있는 거야?"

"잘 모르겠어…… 나 좀 내버려 둬. 나한테 원하는 게 뭐야?"

그는 걷는 속도를 내 걸음에 맞추었다. 나는 도망칠 생각에 속도를 높였고 옆에서 쳐다보는 그의 눈길을 느꼈다.

"한번 상상을 해봐." 그가 다시 말문을 열었다. "나는 너를 좋게 생각해. 어쨌거나 너는 나를 무서워할 필요가 없어. 나는 그냥 너하고 실험을 하나 해보고 싶은 거니까. 재미나기도 하고 또 하다 보면 아주 쓸모 있는 교훈을 얻을 수 있을 거야. 잘 들어! 그러니까 나는 가끔 독심술이라고 부르는 기술을 시험해 봐. 마술은 절대 아니지만 어떻게 하는지 모르면 아주 특이하게 보이지. 그걸로 사람들을 깜짝 놀라게 할 수 있어. 자, 우리 한번 시험해 보자. 그러니까 나는 네가 좋아, 너한테 관심이 많아. 그래서 네 마음을 알아내고 싶어. 첫걸음은 이미 뗐어. 내가 너를 깜짝 놀라게 했잖아. 너는 잘 놀라. 그러니까 네가 무서워하는 일이나 사람이 있는 거야. 어떻게 하면 그렇게 될 수 있을까? 인간은 아무도 무서워할 필요가 없거든. 누군가 무섭다면 그건 그 누군가에게 자신 위에 군림할 권력을 주었던 거지. 가령 나쁜 일을 저질렀는데 상대가 그걸 아는 거야. 그럼 그 상대가 네 위에 군림할 권력을 갖게 되는 거지. 이해했어? 이제 알겠지? 그렇지?”

나는 어쩔 줄 몰라서 그의 얼굴을 쳐다보았다. 여느 때처럼 진지하고 총명했고 너그러운 표정이었지만 온순한 분위기는 간데없고 아주 엄했다. 정의나 그 비슷한 것이 깃들어 있었다. 나는 무슨 일이 일어나고 있는지 알지 못했다. 그는 마술사처럼 내 앞에 서 있었다.

"이해했어?" 그가 다시 물었다.

나는 고개를 끄덕였다. 아무 말도 할 수 없었다.

"웃길 것 같지. 독심술이라는 거 말이야. 하지만 아주 자연스럽게 되는 거야. 가령 내가 카인과 아벨 이야기를 했을 때 네가 나를 어떻게 생각했을지 나는 상당히 정확하게 맞힐 수 있어. 뭐 딴 이야기이긴 하지만 말이야. 또 네가 한 번쯤 내 꿈을 꾸었을 수도 있다고 생각해. 하지만 그 이야기는 접어두자. 너는 영리한 아이야. 대부분 애들은 너무 멍청하거든. 나는 가끔 내가 믿을 수 있는 영리한 아이와 이야기를 나누고 싶어. 괜찮지?"

"아, 물론이지. 다만 나는 무슨 말인지 도통······."

"그 재미난 실험을 계속해 보자. 그러니까 우리는 알게 된 거야. S라는 아이가 잘 놀란다. 그 아이는 누군가를 무서워한다. 아마 아주 불편한 비밀을 그 상대하고 나누는 거야. 얼추 맞아?"

나는 꿈을 꾸듯 그의 목소리와 영향력에 무릎을 꿇었다. 나는 고개를 끄덕이기만 했다. 저 목소리는 내 안에서만 나올 수 있는 목소리가 아닌가? 모든 것을 알고 있는 목소리? 나보다 더 잘, 더 확실히 아는 목소리가 아닌가?

데미안이 내 어깨를 힘주어 쳤다.

"그러니까 맞구나. 그럴 줄 알았어. 한 가지만 더 물어볼게. 조금 전에 간 그 애 이름이 뭐야?"

나는 화들짝 놀랐다. 그가 건드린 나의 비밀이 고통스러워 도로 움츠러들었다. 환한 곳으로 나오고 싶어 하지 않았다.

"어떤 애? 나 혼자 있었어."

그가 웃었다.

"말해." 그가 웃으며 말했다. "이름이 뭐야?"

나는 소리 죽여 속삭였다. "프란츠 크로머 말이야?"

그가 흡족한 표정으로 고개를 끄덕였다.

"브라보! 눈치가 빠르구나. 우리 친구가 될 수 있겠다. 근데 내가 해줄 말이 있어. 그 크로머인지 뭔지 하는 애, 나빠 보이던데. 얼굴만 봐도 알겠더라고. 어떻게 생각해?"

"아, 맞아." 나는 한숨을 푹 쉬었다. "나빠, 악마야. 하지만 그 애가 알면 안 돼. 이런, 그 애가 알면 안 되는 거야. 너 그 애 알아? 그 애가 널 알아?"

"안심해. 갔잖아. 그 애는 날 몰라. 아직은 모르지. 하지만 한번 만나보고 싶네. 공립학교 다녀?"

"응."

"몇 학년?"

"5학년. 그 애한테는 아무 말 하지 마. 제발, 제발 아무 말도 하지 말아줘."

"걱정하지 마. 아무 일도 없을 거야. 그 크로머 이야기 조금 더 해줄 마음은 없겠지?"

"못 해. 아냐. 묻지 마."

그는 잠시 입을 다물었다.

그러더니 말했다. "안됐군. 실험을 조금 더 할

수도 있었는데. 하지만 너를 괴롭히고 싶지 않
아. 그래도 그 애를 무서워하는 것이 올바른 일
은 아니라는 건 너도 알지? 그런 마음은 우리를
완전히 망가뜨려. 떨쳐내야 해. 네가 괜찮은 애
라면 떨쳐내야 하는 거야. 알아들었니?"

"맞아. 네 말이 옳아. 그렇지만 그게 안 돼. 넌
모르잖아……"

"나는 네가 생각하는 것보다 많이 알고 있어.
너도 봤잖아. 너 그 애한테 빚졌니?"

"응, 그 말도 맞아. 하지만 그게 중요한 게 아
냐. 난 말 못 해. 못 해!"

"그러니까 내가 너한테 빚진 돈을 줘도 소용
이 없는 거네? 그 돈 내가 줄 수 있거든."

"아냐. 아냐. 그런 게 아냐. 부탁이야. 아무한테
도 말하지 마. 한마디도 하지 마. 너 때문에 내가
비참해지잖아."

"날 믿어, 싱클레어. 나중에 때가 되면 비밀을
말해주겠지."

"절대로, 절대로 말 안 해." 나는 사납게 소리
쳤다.

"너 하고 싶은 대로 해. 나는 그저 어쩌면 네가
나중에 말해줄지도 모른다, 그런 말이었어. 당연
히 네가 자진해서 말이야. 내가 크로머같이 굴
거라고 생각하는 것은 아니지?"

"아, 아냐. 하지만 넌 아무것도 모르잖아."

"물론 아무것도 모르지. 나는 그저 곰곰이 그
생각을 할 뿐이야. 그리고 나는 크로머 같은 짓
은 절대 안 해. 날 믿어. 네가 나한테 빚진 것도
없잖아."

우리는 한참 입을 다물었고 내 마음은 자꾸만
가라앉았다. 하지만 데미안이 사실을 어찌 알았
는지가 점점 더 궁금해졌다.

"이제 집에 갈래." 그가 말하며 빗속에 로덴
코트를 더 단단히 여몄다. "우리가 여기까지 왔
으니까 한마디만 더 할게. 그놈한테서 벗어나야
해! 달리 방도가 없으면 때려죽여 버려! 네가 그

렇게 하면 난 아마 감탄하고 좋아할 거야. 내가
도와줄게."

나는 다시금 무서워졌다. 카인 이야기가 갑자
기 다시 떠올랐다. 소름이 끼쳐서 소리 없이 울
먹이기 시작했다. 안 그래도 주변에서 무서운 일
이 너무 많았다.

"괜찮아." 막스 데미안이 미소를 지었다. "그
냥 집에 가. 우린 이미 그렇게 하고 있으니까. 때
려죽이는 게 제일 간단하지만 말이야. 그런 일은
항상 제일 간단한 게 제일 좋거든. 크로머 같은
친구 옆에 있으면 좋을 거 없어."

나는 집으로 왔다. 1년 만에 돌아온 것 같았다.
모든 것이 달라 보였다. 갑자기 나와 크로머 사
이에 미래 같은 것, 희망 같은 것이 들어와 있었
다. 내가 더는 혼자가 아니었던 것이다. 이제야
나는 내가 몇 주 동안 얼마나 끔찍할 만큼 혼자
였던지를 깨달았다. 몇 주 동안 나는 내 비밀과
단둘이었다. 이미 여러 번 떠올렸던 고민이 다시

생각났다. 당장 부모님에 다 털어놓으면 마음은 가벼워지겠지만 온전히 구원받지는 못할 것이라는 고민 말이다. 그런데 이제 나는 거의 고백을 한 것이나 마찬가지였다. 그것도 모르는 다른 사람에게. 구원의 예감이 진한 향기처럼 내게로 밀려들었다.

어쨌든 그 후로도 오랫동안 나는 무서움을 떨쳐내지 못했다. 나는 여전히 적과의 길고도 끔찍한 대결을 각오했다. 그럴수록 온 세상이 그렇게 조용하고, 그렇게 아무도 모른 채로 고요히 흘러가는 것이 더더욱 이상했다.

집 앞에서 들리던 크로머의 휘파람 소리가 멎었다. 하루, 이틀, 사흘, 일주일. 믿을 용기가 나지 않아서 나는 속으로 그가 갑자기 예기치 않은 바로 그 순간에 다시 서 있지 않을까 망을 보았다. 하지만 그는 나타나지 않았다. 새롭게 얻은 자유가 의심스러워 나는 여전히 그 사실을 믿지 못했다. 그러던 어느 날 마침내 프란츠 크로머를 마주쳤다. 그는 자일러가세를 내려오고 있었다. 곧바로 나를 향해서. 그가 나를 보더니 움칠했고 얼굴을 있는 대로 찌푸리더니 나와 마주치지 않으려고 곧장 돌아섰다.

난생처음 겪는 순간이었다. 적이 나를 피해 달아나다니! 나의 악마가 나를 무서워하다니! 기쁨과 충격이 온몸을 훑고 지나갔다.

그 무렵에 데미안이 다시 한번 나타났다. 그가 학교 앞에서 나를 기다리고 있었다.

"안녕." 내가 인사했다.

"안녕. 싱클레어. 어떻게 지내는지 궁금해서. 크로머가 이제 안 건드리지. 그치?"

"네가 그랬어? 어떻게 한 거야? 이해가 안 돼. 아예 코빼기도 안 비쳐."

"잘 됐구나. 혹시라도 또 오거든, 내 생각에는 안 올 거야. 그래도 워낙 뻔뻔한 놈이라서 오거든 그냥 데미안을 생각하라는 말만 해."

"그런데 그게 무슨 상관이 있어? 싸움 걸어서

패줬어?"

"아니, 나는 그런 짓 안 좋아해. 그냥 이야기했
어. 너하고 하듯이. 이야기해서 너를 안 건드리는
것이 자기한테도 득이라는 걸 깨닫게 해준 거야."

"아, 돈 준 거 아니지?"

"아니야. 그 방법은 네가 벌써 써먹어 봤잖아."

나는 더 캐물으려고 했지만, 그는 자리를 피했
다. 예전에 그를 보며 느꼈던 그 답답한 기분이
되돌아왔다. 감사와 수줍음, 감탄과 두려움, 애
정과 거부감이 이상하게 뒤섞인 그 감정 말이다.

나는 그를 곧 다시 만나보자고 마음먹었다. 만
나면 그 모든 일에 대해 더 이야기 나누고 싶었
다. 카인 문제에 대해서도.

그러나 그렇게 되지 않았다.

고마운 마음은 내가 믿는 미덕이 결코 아니다.
그 마음을 어린아이한테 요구하는 것은 잘못이
라는 생각이 들었다. 그래서 나는 나 자신이 막
스 데미안에게 전혀 고마워하지 않았다는 사실

에 그리 놀라지 않는다. 지금 나는 그때 그가 나를 크로머의 손아귀에서 빼내주지 않았더라면 나는 아마 평생 병들고 타락했을 것이라고 확신한다. 그때에도 나는 그 해방을 내 얼마 살지 않은 인생에서 가장 큰 성과라고 느꼈다. 하지만 기적이 끝나자마자 정작 해방해 준 당사자는 무시해 버렸다.

이미 말했듯 나는 내가 고마워하지 않는 것이 이상하지 않았다. 이상하다고 느낀 것은 단 하나, 내게 호기심이 없었다는 것이었다. 데미안이 만나게 해준 그 비밀에 더 가까이 다가가지 않고서 어떻게 단 하루도 편히 살 수 있었을까? 카인에 대해, 크로머에 대해, 독심술에 대해 더 많이 듣고픈 호기심을 어떻게 억누를 수 있었을까?

이해가 잘 안 되지만 그랬다. 나는 갑자기 악마의 그물에서 빠져나온 나를 보았다. 세상은 다시 환하고 기쁨으로 넘쳤으며 공포가 와락 밀려오지도, 심장이 두근거려 목이 졸리는 것 같지도 않았다. 마법의 주문이 풀렸고 나는 이제 저주로 고통받는 아이가 아니었다. 나는 다시 예전처럼 학생이었다. 나의 본성은 최대한 빨리 균형과 안정을 되찾으려 했다. 그래서 무엇보다도 그 많은 추하고 위험한 것들을 멀찍이 떨어뜨려 잊어버리려 애썼다. 내 죄와 불안의 그 긴 이야기가 전부 다 놀랍도록 빠르게 내 기억에서 빠져나갔다. 겉보기에는 어떤 흉터도 자국도 남기지 않은 채로 말이다.

하지만 나를 구원해 준 이를 똑같이 빠른 속도로 잊어버리려 애쓴 마음은 이제는 이해가 된다. 나는 상처 입은 내 영혼의 의욕과 힘을 다 쏟아부어서 고통스러운 저주의 계곡을, 크로머에게 붙들렸던 그 무시무시한 속박을 뛰쳐나와 행복하고 만족스러웠던 그곳으로 달아났다. 다시 문이 열린 잃어버린 낙원으로, 환한 아버지와 어머니의 세상으로, 누이들에게로, 순수의 향기에게로, 신께 사랑받은 아벨에게로.

데미안과 잠시 이야기를 나눈 다음 날, 그러니까 마침내 자유를 되찾았다는 확신이 들고 또 그런 일이 일어날까 더는 두려워하지 않게 된 날, 나는 곧바로 너무도 자주, 너무도 열렬히 바라던 일을 행했다. 고해를 한 것이다. 나는 어머니에게 가서 저금통을 보여드렸다. 자물쇠는 망가지고 돈 대신 장난감 돈이 들어 있는 그 저금통 말이다. 그리고 얼마나 오랫동안 내가 자신의 죄로 인해 사악한 놈에게 잡혀 있었는지 털어놓았다. 어머니는 내 말을 다 알아듣지는 못하셨지만, 저금통을 보고 달라진 내 눈빛을 보았으며 달라진 내 목소리를 듣더니 내가 나았다고, 내가 다시 그녀에게로 돌아왔다고 느끼셨다.

그리고 이제 나는 벅찬 가슴으로 다시 받아들여진 탕아의 잔치를 시작했다. 어머니는 나를 아버지께 데려가셨고 나는 했던 이야기를 되풀이했으며 질문과 놀라움의 탄성이 쏟아졌고, 부모님은 내 머리를 쓰다듬으며 오래 졸였던 마음을 내려놓고 안도의 한숨을 내쉬었다. 모든 것이 근사했고, 모든 것이 소설 속 장면 같았으며, 모든 일이 놀랍도록 화기애애하게 해결되었다.

나는 정말로 열심히 이 온화한 분위기 속으로 도망쳐 들어갔다. 되찾은 평화와 부모님의 신뢰는 더하고 또 더해도 질리지 않았다. 나는 집안의 모범 소년이 되었으며 전보다 더 많이 누이들과 어울려 놀았고 기도 시간에는 구원받은 자, 전향한 자의 환희에 찬 기분으로 예전에 좋아하던 노래를 같이 불렀다. 진심에서 우러나온 행동이었다. 거짓은 전혀 없었다.

그랬어도 전혀 괜찮지가 않았다. 이것만이 내가 데미안을 잊은 이유를 진정으로 설명하는 지점이다. 그에게 고해를 했어야 했던 것이다. 덜화려하고 덜 감동적이었을 테지만, 그편이 나로서는 훨씬 더 알찬 열매를 맺었을 것이다. 지금나는 온 뿌리로 예전의 낙원 같은 세상을 휘감았고, 그 세계는 다시 돌아온 나를 어질게 받아주었

다. 데미안은 이 세계에 어울리지 않았다. 크로
머와는 다르지만 그 역시 유혹하는 인간이었고,
그 역시 나를 두 번째 세계, 사악하고 나쁜 세계
에 연결시켰다. 그런데 지금 나는 더는 그 세계
를 알고 싶지 않았다. 나는 이제 다시 아벨을 포
기하고 카인을 찬양하도록 도울 수도, 돕고 싶지
도 않았다. 지금은 나 자신이 다시 아벨이 되었
으니 말이다.

　겉으로 드러난 사정은 그랬다. 하지만 속사정
은 달랐다. 나는 크로머와 악마의 손에서 풀려났
다. 하지만 나의 힘과 노력으로 그렇게 된 것이
아니었다. 나는 세상의 길들로 걸어가려 했지만
그 길이 나한테는 너무 미끄러웠다. 다정한 손이
나를 붙들어 구원한 지금, 나는 곁눈질 한 번 하
지 않고 어머니의 품으로 달려갔다. 애지중지 대
접받던 신성하며 포근한 어린 시절의 그 안전한
세계로 달려갔다. 나는 전보다 더 어리고 의존적
으로, 더 천진난만하게 굴었다. 혼자서는 갈 수

없었기에 크로머에게 끌려다니던 의존을 새로운 의존으로 대체해야 했다. 그리하여 나는 눈먼 심장으로 아버지와 어머니에게, 예전의 그 사랑스럽고 '환한 세계'에 기대자고 마음먹었다. 그러나 그것이 유일한 세계가 아님을 나는 이미 알았다. 그렇게 하지 않았다면 데미안을 붙들고 그에게 다 털어놓아야 했을 것이다. 내가 데미안에게 고해하지 않았던 것은, 그때만 해도 그의 의심적은 생각을 불신하는 것이 정당하다고 생각했기 때문이다. 하지만 사실 그것은 그저 불안이었다. 데미안은 내게 부모님보다 더 많은 것을, 훨씬 더 많은 것을 요구했을 것이니 말이다. 그는 자극과 경고로, 조롱과 비아냥으로 나를 더 자립적으로 만들려 애썼을 것이다. 이 세상에 자기 자신에게로 가는 길보다 더 거부감을 주는 것은 없는 법이다!

그랬어도 한 6개월쯤 지나자 나는 유혹을 뿌리치지 못하고 산책길에 아버지에게 여쭈어보

았다. 카인이 아벨보다 낫다고 주장하는 사람들
이 많은데 어떻게 생각하시냐고 말이다.

아버지는 깜짝 놀라시며 그건 새로울 것이 없
는 생각이라고 설명하셨다. 심지어 기독교가 탄
생하지 않았던 시절부터 존재했으며 자칭 '카인
교도'라는 종파에서 그렇게 가르쳤노라고 말이
다. 하지만 당연히 그 미친 교리는 우리의 믿음
을 부수려는 악마의 노력일 뿐이다. 카인이 옳고
아벨이 그르다고 믿으면 신이 틀렸고, 따라서 성
서의 신은 옳은 유일신이 아니라 틀린 신이라는
결론이 나오기 때문이다. 실제로 카인교도들은
그 비슷한 교리를 가르치고 설교했지만, 이 이단
은 오래전에 이미 인간 세상에서 사라졌다. 아버
지는 다만 내 친구가 그런 이야기를 들을 수 있
었다는 사실이 놀랍다며, 진지하게 다시는 그런
생각을 하지 말라고 경고하셨다.

3장

—

예수 옆 십자가에
매달린 도둑

내 어린 시절, 아버지와 어머니의 보살핌, 어린
아이의 사랑, 다정하고 사랑이 넘치는 밝은 환경
에서 신나게 뛰어놀며 살던 그 시절 이야기라면
아름답고 어여쁘며 사랑스러운 사연들을 들려
줄 수 있을 것이다. 하지만 그런 이야기는 다른
이들이 충분히 털어놓았다. 나의 관심은 오직 내
가 살면서 나 자신에게 이르기 위해 내디뎠던 걸
음이다. 그 모든 기분 좋은 휴식과 행복의 섬과
낙원은, 그 마법을 나도 모르는 바는 아니지만,
머나먼 빛 속에 놓아두고자 한다. 그곳에는 다시

발을 들여놓고 싶지 않으니 말이다.

그래서 나는 아직 소년 시절에 머물 동안에 나에게로 다가왔던 새로운 것, 나를 앞으로 몰아대고 나를 낙원에서 떼어내던 것들에 관해서만 이야기할 것이다.

늘 이런 충동은 '다른 세계'에서 왔고 공포와 강요, 양심의 가책을 동반했으며, 늘 혁명적이었고 내가 깃들고 싶었던 평화를 위협했다.

허락된 밝은 세계에서는 꼭꼭 숨어 있던 원시적인 충동이, 내 안에도 살고 있다는 사실을 다시금 깨달아야 하는 시절이 왔다. 모든 사람이 그렇듯 내게도 느리게 눈뜬 성에 대한 감정이 적이 되어, 파괴자, 금기, 유혹과 죄가 되어 들이닥쳤다. 내 호기심이 찾던 것, 나의 꿈과 욕망과 두려움이 만들어낸 것, 사춘기의 큰 비밀은 어린 시절의 평화가 주는 안온한 행복과는 전혀 어울리지 않았다. 나는 모든 이와 마찬가지로 행동했다. 더는 아이가 아닌 아이의 이중생활을 이어나간 것이다. 나의 의식은 허락된 친숙한 세계에서 살았고, 어렴풋이 떠오르는 새로운 세계를 거부하였다. 하지만 동시에 나는 꿈속에서, 충동 속에서, 은밀한 소망 속에서 살았다. 그 소망 위에 의식의 세계가 다리를 지었으나, 내 안의 어린아이 세계가 무너지고 있었기에 다리는 날로 휘청거렸다. 거의 모든 부모가 그렇듯 우리 부모님도 입을 꾹 다문 채로 생명의 충동이 깨어나게끔 도와주지 않았다. 그저 무한한 보살핌으로 현실을 부인하고 아이의 세계에서 계속 살려는 나의 가망 없는 노력을 도와주었을 뿐이다. 그 노력이 점점 더 비현실적이고 거짓이 되어가는데도 말이다. 부모님이 할 수 있는 게 많았는지 모르겠으니 내 부모님도 비난하지 않겠다. 그건 내가 해결할 문제, 내가 길을 찾을 문제이나, 가정교육을 잘 받은 대부분의 아이가 그렇듯 나도 내 문제를 잘 해결해 내지 못했다.

모든 인간은 이런 어려움을 겪는다. 보통 사람

들에게는 이것이 자기 인생의 요구가 주변 환경과 가장 거세게 부딪치는 지점이며, 가장 치열하게 투쟁하여 앞으로 나아갈 길을 찾아야만 하는 지점이다. 많은 사람이 죽음과 탄생을 경험한다. 그것이 우리의 운명이다. 다만 이 경험은 평생 단한 번이다. 유년기가 삭아 천천히 허물어지면서 사랑하였던 모든 것이 우리를 떠나려 하고 문득 자신을 둘러싼 고독과 우주의 치명적 한기가 느껴질 때, 그 한 번뿐이다. 그리고 아주 많은 이가 그 벼랑에 계속해서 매달려 돌이킬 수 없는 과거에, 꿈 중에서도 최악이며 가장 흉악한 잃어버린 낙원의 꿈에 평생 고통스럽게 달라붙어 있다.

우리 이야기로 돌아가 보자. 유년기의 끝을 알렸던 감정과 환상들은 여기서 이야기할 만큼 중요하지 않다. 중요한 것은 '어두운 세계', '다른 세계'가 다시 나타났다는 사실이다. 그 시절에는 프란츠 크로머였던 것이 이제는 강력하게 내 안에 자리를 잡았고 그로 인해 '다른 세계'가 밖으로부터도 다시 나를 지배하였다.

크로머와의 사건으로부터 몇 년이 지났다. 극적이고 죄로 가득했던 그 시절은 아주 먼 과거였고 잠깐의 악몽처럼 흔적도 없이 사라졌다. 프란츠 크로머는 오래 전에 내 인생에서 종적을 감추어서 어쩌다 만나도 거의 신경을 쓰지 않았다. 그러나 내 비극의 다른 주인공, 막스 데미안은 내 주변에서 완전히 사라지지 않았다. 물론 그는 오랜 시간 멀찍이 떨어져 주변에 서 있었다. 눈에는 보이지만 영향력이 있지는 않았다. 그러다 아주 서서히 그가 다시 다가왔고 다시 힘과 영향력을 행사했다.

그 시절의 데미안에 대해 내가 무엇을 알고 있었는지 고민해 본다. 일 년 혹은 그보다 더 오래 그와 말 한마디 나누지 않았던 것 같다. 나는 그를 피했고 그는 절대 치근대지 않았다. 언젠가 한 번 우연히 만났을 때 그는 다정한 고갯짓으로 인사를 건넸다. 그 이후로는 이따금 그의 다정함에 미세한 조롱이나 비난의 느낌이 깃들어 있는 것 같았지만 내 상상이었을 수도 있다. 내가 그와 나누었던 이야기, 당시 그가 나에게 미친 그 이상한 영향력은 그나 나나 모두 잊은 듯했다.

그의 모습을 찾아본다. 지금 그를 떠올려보니 이제야 알겠다. 그는 거기 있었고 나는 늘 그를 주목했었다. 등교하는 그가 보인다. 혼자 있거나 다른 고학년 학생들 틈에 섞여 있다. 그는 그들 사이를 별처럼 낯설고 고독하게 조용히 떠돈다. 자신의 공기에 에워싸여서, 자신의 법칙에 맞추어 살면서. 아무도 그를 사랑하지 않았고 그의 어머니를 빼면 아무도 그와 친하지 않았다. 그러나 어머니하고도 부모 자식이 아니라 어른 대 어른으로 교류하는 것 같았다. 선생님들은 그를 최대한 건드리지 않았다. 그는 착한 학생이었지만 누구의 마음에도 들려 노력하지 않았고, 이따금 그가 어떤 선생님에 던졌다는 말이나 논평, 반론이 소문이 되어 우리 귀에 들어왔다. 들어보면 도발이나 풍자가 예리하기 이를 데 없었다.

나는 눈을 감고 떠올린다. 그의 모습이 나타난다. 어디지? 그렇다. 이제 다시 그곳이다. 우리집 앞 골목길이었다. 어느 날 그가 손에 노트를 들고서 그곳에 서서 그림을 그리고 있었다. 그는 우리 대문 위에 붙은 낡은 새 문장을 그리고 있었다. 나는 커튼 뒤로 몸을 숨긴 채 창가에 서서 문장을 향해 집중한 냉정하고 환한 그의 얼굴을 감탄하며 바라보았다. 그것은 어른의 얼굴, 학자나 예술가의 얼굴이었다. 침착하고 의지가 넘치며, 이상하게 환하고 냉정하며 세상 이치를 다아는 것 같은 눈빛을 한 얼굴.

나는 다시 그를 본다. 얼마 후 길거리에서였다. 학교에서 집으로 가던 우리는 쓰러진 말을 빙 둘러 서 있다. 말은 아직 끌채에 매인 채로 누워서 콧구멍을 벌름거리며 허공을 향해 무언가를 찾는 듯 간신히 숨을 헐떡였다. 보이지 않는 상처에서 피가 흘러나와 말의 옆구리 쪽 도로의 흰 먼지가 서서히 검붉은 피로 물들었다. 나는 속이 좋지 않아서 고개를 돌렸는데 그 순간 데미안의 얼굴을 보았다. 그는 앞으로 달려들지 않고 저 뒤편에서 여느 때처럼 편안하고 매우 우아하게 서 있었다. 그의 시선은 말머리를 향한 것 같았는데 다시금 그 깊고 고요하며 거의 광적이지만 냉정한 관심이었다. 나는 그를 오래 쳐다볼 수밖에 없었고 아직 의식하지는 못했으나 아주 독특한 기분을 느꼈다. 나는 데미안의 얼굴을 쳐다보았다. 그리고 그것이 소년의 얼굴이 아니라 어른의 얼굴이라는 사실을 알았고, 그보다 더 많은 것이 보였다. 아니, 보았거나 감지했다고 믿었다. 그것은 남자의 얼굴도 아니며 뭔가 다른 것이었다. 그 안에는 여자의 얼굴도 얼핏 들어가 있었다. 무엇보다 한순간 그 얼굴은 남자도 아니고 아이도 아니며 늙지도 젊지도 않게 보였고, 잘은 모르겠으나 몇천 살을 먹은 듯, 시간을 초월한 듯, 우리가 사는 곳과 다른 시간의 도장이 찍힌 듯했다. 동물이 그런 모습일 수 있고 나무나 별이 그럴 수 있을 것이다. 모르겠다. 그때는 내가 지금 어른이 되어서 말하는 대로 그렇게 정확하게는 느끼지 못했지만, 어쨌든 그 비슷한 감정을 느꼈다. 어쩌면 그는 아름다웠을 것이다. 어쩌면 내 마음에 쏙 들었을 것이다. 어쩌면 거부감이 들었을지도 모른다. 그것 역시 확실치 않다. 나는 그저 그가 우리와 다르다는 것을 보았다. 그는 한 마리 짐승이나 유령 같았고 그게 아니면 그림 같았다. 그가 어땠는지는 모르겠지만 여하튼 그는 달랐다. 상상할 수 없을 정도로 우리와 달랐다.

더는 기억이 나지 않는다. 어쩌면 이 역시도 일부는 훗날의 인상에서 길어낸 것인지도 모른다.

몇 살을 더 먹은 후에야 나는 마침내 그와 다시 가까워졌다. 풍습대로 자기 나이 또래 아이들과 함께 교회에서 받던 견진성사를 데미안은 받

---

1 가톨릭, 성공회, 정교회, 일부 개신교 교회에서 세례를 받은 신자에게 성령의 은총을 더욱 충만하게 하기 위해 집전하는 성사.

지 않았다. 그 일 역시 이내 소문을 몰고 왔다. 학교에서 아이들은 그가 원래 유대인이라고, 아니이교도라고 했고 또 다른 이들은 그가 어머니와함께 종교가 없거나 말도 안 되는 나쁜 종파를 믿는다고 주장했다. 그에 관해서 내가 들은 또 하나의 의심은 그가 자기 어머니랑 애인처럼 지낸다는 내용이었다. 아마 그는 지금껏 종교와 상관없이 자랐던 것 같지만, 이제는 이 사실이 그의 미래에 어떻게든 해가 되리라는 우려를 낳았던 것같다. 어쨌거나 그의 어머니는 2년이 지난 지금에서야 그에게 견진성사를 받게 하자고 결정을내렸다. 그래서 그가 이제 몇 달 동안 나와 함께견진성사 수업을 받게 된 것이다.

　한동안 나는 그와 완전히 거리를 두었다. 그가 너무도 무성한 소문과 비밀에 싸여 있었기에그와 엮이고 싶지가 않았다. 무엇보다 크로머 사건이 내 마음에 남긴 의무감이 성가셨다. 게다가 바로 그 무렵에는, 나는 내 비밀만으로도 이미 넌더리가 나 있었다. 견진성사 수업 기간이 성 문제의 중요한 계몽 시기와 맞아떨어졌으므로 나는 의지는 충만했지만 경건한 가르침에 통 관심이 가지 않았다. 목사님이 말씀하시는 것들은 내게서 멀리 떨어져 고요하고 신성한 비현실에 있었다. 어쩌면 아름답고 소중했겠으나 도무지 현실적이지 않았고 흥분되지도 않았다. 반면 다른 것은 극도로 현실적이고 흥분되었다.

이런 상황 탓에 수업에 무관심해질수록 나의 관심은 다시금 막스 데미안에게로 향했다. 알 수 없는 무엇인가가 우리를 한데 묶는 것 같았다. 바로 그 끈을 최대한 꼼꼼히 따라가 보아야겠다. 기억할 수 있는 한에서 그것은 아직 교실에 불이 켜져 있던 어떤 이른 아침에 시작되었다. 우리 교목 선생님 말씀이 카인과 아벨의 이야기에 이르렀다. 정신을 딴 데 팔고 조느라 선생님 말씀을 거의 듣지 않고 있었다. 목사님이 목소리를 높여 카인의 표식을 집중하여 이야기하기 시작했다. 그 순간 나는 뭔가 와닿는, 혹은 경고를 보내는 듯한 느낌을 받았다. 고개를 들어보니 저 앞줄에서 내 쪽을 돌아보는 데미안의 얼굴이 보였다. 그가 조롱 같기도 하고 진지해 보이기도 하는 표정으로 뭔가 말을 건네는 듯 투명한 눈동자로 나를 보고 있었다. 그가 나를 본 것은 아주 잠깐이었지만 나는 갑자기 긴장하여 목사님의 말씀에 귀를 기울였다. 목사님이 말하는 카인과 카인의 표식에 관한 이야기를 들으며 나는 목사님이 가르치는 대로가 아니라 달리 볼 수도 있다는, 그의 말을 비판할 수도 있다는 깨달음을 마음 깊은 곳에서 느꼈다.

그 짧은 순간 데미안과 나는 다시 하나로 연결되었다. 그리고 그 확실한 소속감이 영혼에 깃들자마자 나는 이상하게도 그것이 마술처럼 공간으로도 옮겨가는 광경을 목격하였다. 그가 직접 그렇게 조절할 수 있었는지 아니면 그냥 우연이었는지는 모른다. 그때만 해도 우연이라고 확신했다. 며칠 후 갑자기 데미안이 종교 수업 시간에 자리를 바꾸어 바로 내 앞자리에 앉았다. (빈민구호시설처럼 미어터지던 교실의 그 퀴퀴한 공기 중으로 아침마다 그의 목덜미에서 풍기던 상큼한 비누 냄새가 얼마나 좋았던지 아직도 기억이 생생하다.) 그리고 다시 며칠 후 그는 또 자리를 바꾸더니 이번에는 아예 내 옆자리에 앉았고, 그해 겨우내, 그리고 이듬해 봄 내내 그 자리에 앉아 있었다.

아침 시간이 완전히 달라졌다. 더는 졸리고 따분하지 않았다. 나는 기대에 차서 그 시간을 기다렸다. 이따금 우리 둘은 목사님의 말씀에 집중했지만, 데미안의 눈빛 하나로도 나는 곧바로 이상한 이야기, 기이한 대목을 알아차렸다. 또 그의 눈빛이 달라지며 아주 단호해지기만 해도 내 안에서 경고등이 울리며 비판과 의심이 솟구쳤다. 우리는 나쁜 학생일 때가 많아서 수업을 통듣지 않았다. 데미안은 늘 선생님과 친구들에게 깍듯했고 한심한 장난을 치는 법이 없었으며 큰 소리로 웃거나 수다를 떨지도 않았고 선생님께 야단맞는 일도 없었다. 하지만 아주 조용히, 속삭이기보다는 신호와 눈빛으로 그는 나를 자기 관심사로 끌어들일 줄 알았다. 그 관심사 중에는 더러 이상한 것들도 있었다.

가령 그는 자신이 어떤 학생에게 관심이 있는지, 어떤 식으로 그를 연구하는지 들려주었다. 그는 정말로 많은 아이를 아주 정확하게 알고 있었다. 어느 날 성경봉독 전에 그가 이렇게 말했다. "내가 너한테 엄지손가락으로 신호를 하면 저기 저 아이가 우리 쪽으로 돌아보거나 목을 긁을 거야." 수업이 시작되자 나는 그 말을 거의 잊고 있었는데 막스가 갑자기 눈에 확 띄게 엄지손가락을 내 쪽으로 돌렸다. 나는 얼른 그가 조금 전에 말했던 학생을 쳐다보았고, 볼 때마다 그는 누가 줄에 매어 끌어당기기라도 하듯 데미안이 말했던 몸짓을 했다. 나는 이걸 목사님께도 한번 시험해 보라고 졸랐지만, 그는 그러려고 하지 않았다.

하지만 언젠가 내가 수업 시간에 오늘은 숙제를 못 했으므로 목사님이 나한테 아무것도 시키지 않았으면 좋겠다고 말하자 그가 나를 도와주었다. 목사님이 교리문답의 한 부분을 시킬 학생을 찾았고, 두리번거리던 그의 눈길이 죄책감이 어린 내 얼굴에 떨어져 멈추었다. 목사님이 천천히 다가와서 나를 향해 손가락을 뻗으며 내 이름을 부르려던 찰나, 갑자기 다른 생각이 들거나 불안해졌는지 옷깃을 매만지더니 자신의 얼굴을 뚫어지게 바라보는 데미안에게로 걸어갔다. 목사님은 그에게 뭔가 물으려고 하다가 화들짝 놀라며 다시 몸을 돌렸고 잠시 기침을 하고는 다른 학생을 지명했다.

이런 장난이 정말로 재미있었던 나는 그제야 서서히 깨달았다. 내 친구가 자주 내게도 같은 장난을 쳤다는 것을 말이다. 등굣길에 갑자기 데미안에 뒤에서 따라오고 있는 것 같은 기분이 들어서 돌아보면 그가 진짜로 거기 있곤 했다.

"다른 사람이 네가 원하는 대로 생각하게 만들 수 있어?"

그는 차분하고 사무적으로, 어른처럼 선선히 대답해주었다.

"아니야. 그건 못 해. 목사님 말씀과 달리 인간에게는 자유 의지가 없거든. 남이 내가 원하는 대로 생각할 수도 없고 내가 그렇게 만들 수도 없어. 하지만 누군가를 잘 관찰할 수는 있지. 그러면 그가 무엇을 생각하거나 느낄지를 상당히 정확하게 말할 수 있을 때가 많아. 그러면 그가 다음 순간 무슨 행동을 할지 대부분 예상할 수도 있거든. 아주 간단해. 사람들이 모를 뿐이지. 물론 연습이 필요해. 가령 나방 중에 암컷이 수컷보다 훨씬 귀한 나방 종이 있거든. 그 나방도 다른 동물처럼 번식해서, 수컷이 암컷을 수정시키면 암컷이 알을 낳아. 그런데 자연과학자들이 실험을 해봤더니, 만약 암컷 나방 한 마리가 여기 있으면 밤에 수컷 나방들이 떼 지어 이 암컷에게로 날아온다고 해. 몇 시간 떨어진 곳에서도 말이야! 생각해 봐, 몇 시간 거리라니! 수컷들은 수킬로 떨어진 곳에서도 주변에 있는 암컷 한 마리를 느낀다는 거지. 학자들이 이유를 설명해 보려 애를 쓰지만 어렵다고 해. 분명 일종의 후각이나 그런 것일 거야. 훌륭한 사냥개가 보이지 않는 발자국을 찾아내서 쫓을 수 있는 것처럼 말이야. 알아들었지? 그게 그런 거야. 자연은 그런 일로 가득하고 아무도 이유를 설명할 수 없어. 하지만 난 이렇게 생각해. 그 나방 종의 암컷이 수컷만큼 흔하다면 수컷의 코는 그렇게 예민하지 않을 거야! 녀석들의 코가 예민한 것은 그저 훈련을 했기 때문이지. 동물이나 인간이 온 관심과 의지를 한 가지 일로 향하면 그것에 이르기도 하거든. 그게 다야. 네가 생각하는 것도 바로 그것이고. 한 사람을 충분히 바라봐. 그럼 그에 대해 그 자신보다 더 많이 알게 될 거야."

자칫 '독심술'이라는 말을 내뱉을 뻔했다. 그

말을 해서 오래전 크로머와의 그 일을 상기시킬 뻔했다. 하지만 이것 역시 우리 두 사람 사이에만 있는 기이한 일이었다. 그가 몇 해 전 그렇게나 심각하게 내 인생에 개입해 놓고도, 그도 나도 그 일이라면 넌지시 비춘 적도 없었다. 과거에 우리 둘 사이에 아무 일도 없었던 것 같았다. 혹은 각자가 상대는 그 일을 까맣게 잊었다고 확신하는 건지도 몰랐다. 심지어 한 번인가 두 번인가, 함께 걸어가다가 프란츠 크로머를 만난 적도 있었는데, 우리는 눈빛 한 번 나눈 적 없었고, 크로머에 관해 말 한마디 나누지도 않았다.

"그럼 자유 의지는 어떻게 되는 거야?" 내가 물었다. "자유 의지가 없다며. 그래놓고 또 굳건히 어떤 일에 의지를 쏟기만 하면 목표를 이룰 수 있다고 하잖아. 말이 안 맞아. 내가 내 의지의 주인이 아니라면 내 마음대로 의지를 여기저기로 향할 수도 없을 테니까."

그가 내 어깨를 톡톡 쳤다. 내 덕분에 기분이

좋아지면 그는 항상 그렇게 했다.

"네가 질문을 다 하다니, 아주 좋아." 그가 웃으며 말했다. "인간은 항상 질문해야 해. 항상 의심해야 하지. 하지만 그 질문의 답은 아주 간단해. 가령 나방이 별이나 다른 곳으로 의지를 향했다면 목적을 이룰 수 없었을 거야. 다만 나방은 아예 그런 노력을 하지 않지. 나방은 의미와 가치가 있는 것, 필요한 것, 반드시 가져야 하는 것만 찾거든. 바로 그것 때문에 믿을 수 없는 일도 해내는 거지. 나방은 다른 동물에게는 절대없는 마법 같은 여섯 번째 감각을 개발했잖아! 우리 같은 인간은 여지가 더 많아. 분명 그래. 동물보다 관심도 더 많고. 하지만 우리도 비교적 좁은 범위에 붙들려 있어서 거기를 넘어설 수가 없어. 이것저것 공상은 할 수 있겠지. 상상이야 할 수 있는 거니까. 반드시 북극에 가고 싶다거나 뭐 그런 것들 말이야. 하지만 그 소망이 완전히 내 마음으로 들어와서 진실로 내 존재가 완전히 그것으로 가득 차야만 나는 그것을 실행할 만큼 강렬히 바랄 수 있는 거야. 그렇게 되면, 네 마음이 너에게 명령한 것을 시도하는 즉시 너는 명마처럼 너의 의지에 마구를 채울 수 있을 거야. 가령 지금 내가 우리 목사님이 앞으로 안경을 쓰지 않게 힘써보겠다 마음먹으면 그건 안 돼. 그건 그냥 장난이야. 하지만 내가 그때 가을에 저 앞쪽 내 자리를 바꾸어야겠다는 확고한 의지를 품었을 때는 아주 잘되었지. 알파벳 순서로 내 앞인데 지금까지 아파서 수업에 못 오던 애 하나가 갑자기 나타나는 바람에 누군가 그 애에게 자리를 내주어야 했거든. 당연히 내가 그러겠다고 했지. 내 의지는 언제라도 기회를 잡겠다는 각오가 있었으니까."

"맞아. 그때 나도 정말 이상했어. 우리가 서로에게 관심을 보인 순간부터 네가 점점 더 가까이 옮겨오는 거야. 근데 어떻게 한 거지? 처음부터 당장 내 옆자리로 온 건 아니잖아. 먼저 내 앞줄에 몇 번 앉았잖아. 그치? 어떻게 된 거야?"

"그건 이랬어. 첫 번째 자리에서 다른 곳으로 가고 싶었을 때는 어디로 가고 싶은지 확실히 몰랐지. 그저 계속해서 뒤로 가고 싶다는 것만 알았거든. 너에게로 가려는 나의 의지를 아직 의식하지 못했던 거지. 동시에 너의 의지가 같이 끌어당겨서 나를 도와주었어. 그런 다음 네 앞에 앉자 비로소 나의 소망이 이제 겨우 절반만 이루어졌다는 생각이 들었지. 애당초 내가 바란 것은 네 옆자리임을 깨달은 거야."

"하지만 그때는 새로 온 아이도 없었잖아."

"아니지. 하지만 그때는 그냥 나 하고 싶은 대로 했어. 잠깐 네 옆에 앉아버렸거든. 나랑 자리가 바뀐 애는 좀 놀라더니 그냥 그러라고 했어. 목사님도 한 번 변화를 눈치채셨는데, 도대체 나랑 엮이기만 하면 매번 몰래 속앓이를 하셨던 터라 내가 이름이 데미안이라는 걸 아셨고, D로 시작하는 내가 아주 뒤쪽 S 줄에 앉아 있는 것이 이상하다고 느끼셨겠지. 하지만 내 의지가 저항했고 또 내가 계속 훼방을 놓았기에 그 느낌이 의식까지 뚫고 들어가지는 못했던 거지. 그래도 뭔가 이상하다는 느낌이 계속 들어서 나를 쳐다보며 골똘히 생각하기 시작하셨겠지. 우리 착한 목사님. 하지만 그럴 때 내가 써먹는 간단한 방법이 있어. 매번 그분의 눈을 아주, 아주 똑바로 쳐다보는 거야. 그걸 견딜 수 있는 사람은 별로 없어. 다들 불안해지거든. 앞으로 누구한테 원하는 것이 있거든 느닷없이 그의 눈을 똑바로 쳐다봐. 그래도 그가 흔들리지 않거든 그때는 과감하게 포기하는 게 좋아. 그런 사람에게선 얻을 것이 없어, 절대로! 하지만 그건 정말 드문 경우고. 나는 그 방법이 안 통하는 사람을 딱 한 사람밖에 본 적이 없어."

"누군데?" 나는 얼른 물었다.

그는 곰곰이 생각할 때의 버릇대로 눈을 살짝 가늘게 뜬 채로 나를 쳐다보았다. 그러더니 고개를 돌려버렸고 아무 대답도 하지 않았다. 궁금해 미칠 것 같았지만 나는 또 물어볼 수가 없었다.

그 시절에 그가 자기 어머니 이야기를 했던 것 같다. 그는 어머니와 아주 친한 것 같았지만 통 어머니 이야기를 하지 않았고 나를 집으로 데려가지도 않았다. 나는 그의 어머니가 어떻게 생겼는지도 잘 몰랐다.

그때는 나도 이따금 시도를 해보았다. 그를 따라 꼭 이루어야만 하는 일에 내 의지를 집중해보았다. 충분히 절실한 것 같은 소망들이 있었다. 하지만 전혀 되지 않았다. 데미안에게 그 이야기를 해볼 용기는 나지 않았다. 나의 소망을 그에게 고백할 수 없었을 것이다. 그도 묻지 않았다.

종교 문제에서 나의 신앙은 그사이 여기저기 구멍이 생겼다. 하지만 철저히 데미안의 영향을 받은 나의 생각은 완벽한 불신을 드러냈던 학교 친구들과는 전적으로 달랐다. 몇몇 그런 아이들이 신을 믿는 것이 얼마나 우습고 품위 없는 짓인지 때로 대놓고 떠들고 다녔다. 삼위일체나 예수의 동정녀 탄생 같은 이야기들은 말도 안 되는 헛소리이고 요즘 같은 시대에 아직도 그런 쓰레기를 팔고 다닌다니 수치라고 말이다. 나는 절대 그렇게 생각하지 않았다. 의심스러운 부분은 있었어도 나는 어린 시절의 온갖 경험 탓에 우리 부모님의 삶 같은 신성한 삶이 실제로 존재하며 경건한 삶이 품위 없는 것이 아니고 거짓도 아님을 충분히 잘 알았다. 오히려 나는 전과 다름없이 종교적인 것에 대해 깊디깊은 경외심을 품었다. 다만 데미안 덕분에 성경의 이야기와 교리를 더 자유롭고 개인적으로, 더 놀이처럼, 더 풍부한 상상력으로 바라보고 해석하였다. 적어도 그가 권한 해석은 항상 재미있어하며 흔쾌히 따랐다. 하지만 내가 듣기에는 너무 냉정한 해석도 많았는데, 카인 문제도 그랬다. 한번은 견진성사 수업 시간에 그가 훨씬 더 대담한 의견으로 나를 깜짝 놀라게 했다. 교목 목사님이 골고다² 이야기를 하셨다. 나는 아주 어릴 적부터도 구세주의 고난과 죽음을 기록한 성경 내용에 깊은 인상을 받았다. 아주 어려서는 가령 성금요일 같은 날 아버지가 수난사를 낭독한 후에는 완전히 감동하여 고통스러울 정도로 아름답고 창백하며 섬뜩하면서도 엄청나게 생생한 그 세상에 푹 빠져 살았다. 겟세마네 동산³에서, 골고다 언덕에서 살았다. 그리고 바흐의 〈마태수난곡〉을 들을 때면 음울한 기운이 넘치는 그 비밀스러운 세상의 뜨거운 광채가 신비한 전율로 나를 휘감았다. 지금도 나는 그 음악을, 그리고 〈악투스 트라기쿠스〉를 세상 모든 시와 예술적 표현의 화신이라고 생각한다.

---

2 신약성서에서 예수 그리스도가 처형된 언덕의 이름.
3 예루살렘 동편에 위치한 감람산 내의 작은 동산. 예수는 제자들과 가끔 이 동산에 올라 기도를 드렸다.

그런데 데미안이 수업이 끝나갈 무렵에 생각에 잠겨 이렇게 말했다. "싱클레어. 이건 썩 마음에 들지 않아. 이 이야기를 소리 내어 읽으면서 음미해 봐. 맹한 맛이 나. 특히 두 강도 이야기 말이야. 언덕에 나란히 선 세 개의 십자가라니 대단하지! 그런데 거기서 전도지에나 실을 법한 감상적인 강도 이야기라니! 그 강도는 애초에 범죄자였고 나쁜 짓을 저질렀어. 신은 그 모든 사실을 아셨고. 그런데 이제 와서 마음이 누그러져서 그런 눈물 어린 회개와 참회의 축제를 여시다니! 무덤에서 두 발짝 떨어진 곳에서 그따위 후회가 다 무슨 소용이겠어? 안 그래? 이것도 목사님의 설교 수준 이상은 아냐. 교화시키겠다는 의도로 감동의 기름을 처바른 달콤한 거짓 이야기일 뿐이지. 내가 오늘 두 강도 중에서 하나를 친구로 골라야 하거나 둘 중 누구를 믿을 수 있을지 고민해야 한다면 울먹이며 개종한 쪽은 확실히 아냐. 아니지. 다른 쪽이지. 그는 사나이답고 심지가 곧거든. 개종 따위 무시해 버렸잖아. 개종이라니, 그의 처지에서는 그냥 듣기 좋은 헛소리일 수도 있잖아. 그는 끝까지 자신의 길을 걸었어, 그때까지 자신을 도와주었을 악마를 마지막 순간에도 비겁하게 배신하지 않았어. 그는 심지가 곧은 사람이야. 성경 이야기에선 심지가 곧은 사람들이 홀대를 받지. 어쩌면 그도 카인의 후손일지 몰라. 그렇게 생각하지 않아?"

나는 몹시 당황스러웠다. 이 십자가 이야기라면 속속들이 다 안다고 믿었는데, 이제야 내가 그동안 예수님의 수난사를 듣고 읽으면서 한 번도 내 일로 생각지 않았고 상상력과 환상을 동원하지도 않았다는 사실을 깨달은 것이다. 내 귀에는 데미안의 새로운 생각이 충격적이었고, 지켜야 한다고 믿었던 내 안의 개념들을 뒤엎으려 들었다. 아니다. 그렇게 모조리, 성인(聖人)까지도 다 뒤엎을 수는 없다.

언제나 그렇듯 그는 내가 말하기도 전에 나의

저항감을 금방 알아차렸다.

"알아." 그가 체념한 듯 말했다. "옛날 이야기지. 심각하게 받아들이지는 마! 그래도 너한테 이 말은 하고 싶어. 여기가 이 종교의 결함을 아주 또렷이 볼 수 있는 여러 지점 중 하나야. 중요한 건 이 온전한 신, 이 구약과 신약의 신이 뛰어난 분이긴 하지만, 하느님이 원래 보여줘야 할 그런 모습은 아니라는 거야. 그는 선하고 고귀하며 아버지 같은 존재이고 아름답고 숭고하며 감상적인 분이지. 맞아. 하지만 세상은 다른 것으로도 만들어지거든. 그런데 그걸 모조리 악마한테로 떠넘겨 버리고 있어. 그리고 세상의 그 부분, 그 반쪽 전부를 숨기고 입을 틀어 막는 거야. 신은 모든 생명의 아버지라고 찬양하면서 정작 생명의 기원인 성생활은 무조건 묵살해 버리고 악마의 것이니, 죄악이니 비난하는 거지! 물론 이런 신을 여호와라 숭배하는 건 반대하지 않아. 그럴 생각은 전혀 없어. 하지만 모든 것을 숭배하고 신성하게 여겨야 해. 인위적으로 떼어내 공식적으로 인정한 절반만이 아니라 온 세상을 숭배해야지. 그럼 신에게만 예배를 드릴 것이 아니라 악마에게도 예배를 드려야 해. 나는 그게 옳다고 생각해. 아니면 악마도 품는 신을 만들어야지. 세상에서 가장 자연스러운 일이 일어날 때 눈을 감을 필요가 없는, 그런 신 말이야."

그답지 않게 말투가 살짝 격해졌지만 그는 이내 다시 미소를 지었고 더는 나를 몰아세우지 않았다.

그러나 내 마음속에서는 이 말들이 나의 소년 시절 한시도 뇌리를 떠나지 않았던 수수께끼를 정통으로 타격했다. 언제나 마음에 품고 다녔고 아무에게도 말하지 않았던 그 수수께끼 말이다. 데미안이 신과 악마, 공식적으로 인정한 신성한 세계와 묵살당한 악마의 세계에 대해 늘어놓았던 이야기는 나 자신의 생각, 나 자신의 신화, 두 세계 혹은 두 반쪽 세계, 밝은 세계와 어두운 세계에 관한 생각과 똑같았다. 문득 나의 문제가 온 인류의 문제이며 모든 삶과 사고의 문제라는 깨달음이 신성한 그림자처럼 날아왔다. 가장 나다운 내 개인의 삶과 생각이 거대한 이념의 영원한 강물에 동참하고 있다는 사실을 깨닫고 느끼자 불안과 경외감이 엄습했다. 그 깨달음이 확신과 행복을 가져다주긴 했어도 기쁘지는 않았다. 책임감의 여운을 담고 있었기에, 이제 더는 어린아이처럼 굴지 말아야 하고 혼자 일어서야 한다는 여운을 담고 있었기에 그 깨달음의 맛은 쓰디썼다.

나는 살면서 처음으로 친구에게 그렇게 심오한 비밀을 털어놓으면서 아주 어릴 적부터 품어왔던 '두 세계'에 관한 견해를 이야기했고, 그는 나의 가장 깊은 감정이 그에게 동의하고 그의 손을 들어준다는 것을 당장 알아차렸다. 하지만 데미안은 그런 것을 이용하는 인간이 아니었다. 전보다 더 관심을 기울여 내 말을 들었고 내 눈을 오랫동안 쳐다보았다. 그러나 나는 그 눈길을 피하고 말았다. 그의 눈에서 다시금 그 시간을 초월하는 듯한 짐승처럼 기이한 눈빛, 가늠할 수 없는 나이를 보았기 때문이다.

"그 이야기는 다음에 더 하자." 그가 그런 나를 배려하며 말했다. "보아하니 너는 생각을 많이 하는데 그걸 다 말로 표현할 수는 없는 것 같아. 그렇다면 너는 생각한 것을 온전히 삶으로 실천하지는 못하는 거야. 그걸 잘 알고, 삶으로 실천한 생각만이 가치가 있는 거야. 너는 너에게 '허락된' 세계가 반쪽 세계일 뿐이라는 것을 알아. 그래서 목사님과 선생님들이 하듯이 남은 반쪽을 숨기려 노력했지. 하지만 행복하지 않았어. 일단 생각을 시작한 사람은 그렇게 해서는 행복하지 못하거든."

그 말이 마음 깊이 와닿았다.

나는 거의 고함지르듯 말했다. "하지만 금지되고 추악한 것들이 실제로 존재해. 그건 너도 부인할 수 없을 거야. 그리고 일단 금지된 것들은 포기해야 해. 살인과 온갖 악행들이 존재하는 건 너도 잘 알잖아. 그런 것들이 존재한다는 이유만으로 내가 가서 범죄자가 되어야 한다는 말이야?"

"오늘 온종일 이야기해도 안 끝날 거야." 막스가 나를 달래었다. "물론 사람을 때려죽이거나 여자를 강간하고 죽여서는 안 되지. 안 될 말이야. 하지만 넌 아직 '허락'과 '금지'의 진짜 의미를 깨달을 수 있는 곳까지는 이르지 못했어. 그저 진리의 한 조각을 느꼈던 거지. 나머지도 곧 올 거야. 난 그러리라고 믿어! 가령 너는 1년 전쯤에 그 어떤 충동보다도 강렬한 충동을 느꼈어. 그런데 흔히들 그 충동이 '금지되었다'고 생각해. 하지만 그리스 사람들과 다른 수많은 민족은 그 충동을 신성한 것으로 여겨 성대한 축제를 열어 축하했지. 그러니까 '금지'란 영원한 것이 아니라 바뀔 수 있어. 지금도 목사님을 모시고 결혼식을 올리고 나면 곧바로 여자와 잠을 자도 되잖아. 다른 민족은 달라. 지금도 그렇고. 그러니까 허락과 금지는, 자신에게 무엇이 허락되고 금지되는지는 각자 스스로 찾아야 하는 거야. 금지된 것은 절대 하지 않았는데도 엄청난 악한이 될 수 있어. 또 반대로 그런 일을 했기 때문에 아주 나쁜 놈이 될 수 있는 거고. 사실 그건 그저 편리의 문제야. 너무 편리만 찾아 스스로 생각하고 스스로 판단하지 않는 사람은 기존의 금지된 것들에 순응해 버리지. 그게 쉬우니까. 그렇지 않은 이들은 자기 안에서 스스로 계명을 느끼는 거야. 그들의 세계에선 신사들이 매일 하는 짓이 금지되고, 흔히 눈총을 받는 일들이 허락되기도 하지. 그렇게 각자가 자신에게 맞게 판단해야 하는 거야."

문득 말을 너무 많이 했다는 후회가 밀려오는 모양인지 그가 입을 다물었다. 그때에도 나는 그가 그 순간에 느꼈던 감정을 어느 정도 이해할 수 있었다. 그는 너무도 유쾌하게, 겉보기에는 건성

건성 머리에 떠오르는 생각들을 뱉어내곤 했지만, 그의 표현대로 "말을 하기 위한" 대화는 죽을 만큼 싫어했다. 그런데 내가, 물론 진짜 관심이 없지는 않았겠지만, 재치 있는 수다나 그 비슷한 것을 너무 즐기고 좋아한다고, 한마디로 내게 완벽한 진지함이 부족하다고 느꼈던 것이다.

내가 적어 놓은 '완벽한 진지함'이라는 단어를 다시 읽으니 문득 다른 장면이 떠오른다. 아직 어린아이 티를 다 벗지 못했던 그 시절에 내가 막스 데미안과 함께 경험한 장면 중에서 가장 강렬한 장면이다.

우리의 견진성사가 다가오고 있었고 목사님의 마지막 수업 몇 시간은 최후의 만찬에 관한 내용이었다. 목사님이 그 주제를 중요하다 여겨 열정을 쏟으신 덕에 그 시간에는 엄숙한 분위기를 약간 느낄 수 있었다. 그러나 하필이면 그 마지막 몇 번의 수업 시간에 내 생각은 딴 데에 가 있었다. 그것도 내 친구라는 인물에게 말이다. 견진성사란 교회 공동체에 받아들여지는 격식이라 했지만, 막상 행사가 다가오니 나는 반년 가까이 이어진 이 종교 수업의 가치는 여기서 배운 내용이 아니라 데미안과 가까이 지내며 그에게서 받은 영향이었다는 생각을 떨칠 수 없었다. 이제 내가 받아들여지고 싶은 곳은 교회가 아니라 전혀 다른 곳, 사상과 개성의 교단이었다. 어떻게든 지상에 존재하는 것이 분명한 그 교단에서는 내 친구가 대표이거나 사절인 듯 느껴졌다.

나는 이 생각을 억누르려 애썼다. 어찌 되었건 견진성사 예식을 품위 있게 치르겠다는 마음은 진지했다. 그러나 그 품위가 나의 새로운 생각들과 그리 조화를 이루지는 못하는 것 같았다. 그래도 나는 내 뜻대로 하고 싶었다. 내 안에 있는 생각과 다가오는 교회의 예식에 대한 생각이 점차 연결되었다. 나는 그 예식을 다른 아이들과는 다르게 치를 각오가 되어 있었다. 나의 예식은 내가 데미안에게서 알게 된 사고의 세계로 받아들여지는 예식이어야만 했다.

그 무렵이었다. 하루는 또 그와 활발한 논쟁을 벌였는데, 하필이면 종교 수업을 코앞에 두고 있었다. 내 친구는 아무 말이 없었고, 상당히 똑똑한 척, 잘난 척하는 내 말을 반기지도 않았다.

그가 평소답지 않게 심각한 말투로 말했다. "우리는 말이 너무 많아. 똑똑한 말은 아무 가치가 없어. 전혀 없지. 자기 자신에게서 멀어질 뿐이야. 자신에게서 멀어지는 것은 죄야. 거북이처럼 자신에게로 온전히 기어들어 갈 수 있어야 해."

그 직후 우리는 교실로 들어갔다. 수업이 시작되었고, 나는 집중하려 애썼으며 데미안은 그런 나를 방해하지 않았다. 한참 뒤에 그가 앉은 옆자리에서 뭔가 특이한 느낌이 시작되었다. 텅 빈 느낌, 혹은 서늘한 느낌, 혹은 그 비슷한 느낌이었는데 갑자기 그 자리가 비어버린 느낌이었다. 그 느낌이 나를 조여오기 시작하여 나는 고개를 돌렸다.

내 친구가 앉아 있었다. 평소와 같이 허리를 곧추세우고 좋은 자세로 앉아 있었다. 그런데 평소와 달라 보였다. 내가 모르는 무언가가 그에게서 흘러나와 그를 에워싸고 있었다. 나는 그가 눈을 감았다고 생각했는데 뜨고 있었다. 하지만 그 눈은 앞을 보지 않았다. 보지 않는 채로 굳어 있었고 내면을 향하거나 아득히 먼 곳을 향해 있었다. 그는 미동도 없이 앉아 있었다. 숨도 안 쉬는 것 같았다. 입술이 나무나 돌로 새겨진 것 같았다. 그의 몸에서 가장 생기가 도는 부분은 갈색 머리카락이었다. 양손은 물건인 양, 돌이나 과일인 양 앞에 있는 긴 의자에 까닥도 하지 않고 가만히 놓여 있었다. 핏기도 없고 움직임도 없었지만, 축 늘어지지는 않아서 강인한 생명을 숨긴 단단하고 유익한 껍질 같았다.

그 모습을 보니 몸이 떨렸다. 그가 죽었다! 나는 그렇게 생각했고 하마터면 큰 소리로 그 말을 뱉을 뻔했다. 하지만 그가 죽지 않았다는 것을 나는 알았다. 나는 홀린 듯 그의 얼굴에서, 그 돌처럼 굳은 창백한 가면에서 눈을 떼지 못했다. 저것이 데미안이었다! 나는 그렇게 느꼈다. 평소 나와 걷고 이야기를 나눌 때의 그는 반쪽의 데미안에 불과했다. 잠시 하나의 역할을 맡아 순응하고 나를 생각해서 보조를 맞추어주는 데미안이었다. 그러나 진짜 데미안은 저런 모습이었다. 단단하고 태곳적 영혼 같으며 짐승 같고 돌 같으며, 아름답지만 차갑고, 죽었지만 남모르게 듣도 보도 못한 생명으로 가득 찬 사람. 그리고 이 고요한 공허가, 이 하늘과 우주가, 이 고독한 죽음이 그를 둘러싸고 있었다.

'지금 그는 온전히 자기 안으로 들어가 버렸구나'라는 느낌에 나는 소름이 돋았다. 살면서 이토록 외로웠던 적이 없었다. 나는 그와 아무것도 나누지 못했다. 그는 내가 닿을 수 없는 사람이었다. 세상에서 가장 먼 섬보다 더 먼 곳에 있었다.

이 광경을 나 말고 아무도 못 보다니, 이해가 되지 않았다. 모두가 들여다보고 충격을 받아야 마땅했다. 그런데 아무도 그에게 신경 쓰지 않았다. 그는 그림처럼 앉아 있었다. 그가 우상처럼 이상하게 뻣뻣하다는 생각이 절로 들었다. 파리 한 마리가 그의 이마에 내려앉았다가 천천히 코와 입을 타고 내려왔어도 그는 주름살 하나 움칠하지 않았다.

어디에 있을까? 그는 지금 어디에 있나? 무엇을 생각하고 느낄까? 천국에 있을까? 지옥에 있을까?

그에게 물어볼 수 없었다. 수업이 끝나자 그가 다시 살아나 숨을 쉬었고 그의 눈이 나를 바라보았다. 그는 예전과 다름없었다. 그는 어디에서 왔을까? 어디를 다녀왔을까? 그의 얼굴이 원래 색으로 돌아왔고 그의 손이 다시 움직였지만, 갈색 머리카락은 이제 광택을 잃고 지친 듯 했다.

그 후 며칠 동안 나는 내방에서 몇 차례 연습

을 해보았다. 허리를 똑바로 세운 채 의자에 앉아서 시선을 한곳에 두고 꼼짝도 하지 않으면서 얼마나 오래 버틸 수 있는지, 어떤 느낌이 드는지 기다려보았다. 하지만 피곤하기만 했고 눈꺼풀만 심하게 떨렸다.

그 직후 우리는 견진성사를 받았다. 하지만 그 기억은 별로 남아 있지 않다.

이제 모든 것이 달라졌다. 나의 유년은 산산조각이 났다. 부모님은 약간 당황스러워하며 나를 지켜보았다. 누이들이 완전히 낯설었다. 익숙하던 느낌과 기쁨은 실망으로 인해 위조되고 빛이 바랬다. 정원에는 향기가 없었고 숲은 매력을 잃었으며 주변 세상은 낡은 물건들의 떨이 장터가 되어 무미건조했다. 책은 종이였고 음악은 소음이었다. 그렇게 가을의 나무에서 잎이 떨어져도 나무는 아무것도 느끼지 못한다. 빗물이, 햇살이나 한기가 줄기를 타고 흘러내리고, 생명은 천천히 나무의 가장 좁은 곳으로, 가장 안쪽으로 고

여든다. 나무는 죽지 않는다. 나무는 기다린다.

　방학이 끝나면 처음으로 집을 떠나 다른 학교로 가기로 결정이 났다. 가끔 어머니는 미리 작별을 연습하며 내게 특별히 다정하셨고, 내 마음에 사랑과 향수와 불멸의 감정을 불러일으키려 노력하셨다. 데미안은 여행을 떠나고 없었다. 나는 혼자였다.

4장

—

베아트리체

방학이 끝날 무렵 나는 친구 얼굴도 못 보고 성
○○시로 떠났다. 부모님이 두 분 다 따라오셨
다. 그들은 이것저것 꼼꼼히 알아보신 후에 김나
지움[1] 교사가 운영하는 하숙집에 나를 맡기셨다.
자신들이 나를 어떤 곳으로 들여보냈는지 아셨
더라면, 아마 두 분은 기가 막혀 말도 못 하셨을
것이다.

---

[1] 15학년부터 13학년까지 9년간으로 이 기간 동안 대학에서 필요
한 능력을 배양하는 교육 기관.

시간이 흐르면서 내가 착한 아들이자 쓸모 있는 시민이 될 수 있을지, 아니면 나의 본성이 다른 길로 떠밀려 갈지는 여전히 미지수였다. 부모님의 집과 정신의 그늘에서 행복하게 살아보려는 나의 마지막 노력은 오래 계속되었고 잠깐 성공할 뻔도 했으나 결국에는 완전한 실패로 막을 내렸다.

견진성사가 끝나고 방학 내내 처음으로 들기 시작한 그 이상한 공허감과 외로움(나중에야 나는 그 정체를 알았다. 이 공허, 이 희박한 공기!)은 금세 없어지지 않았다. 고향과의 작별은 이상할 정도로 수월해서 나는 사실 더 슬퍼하지 않는 자신이 부끄러웠다. 누이들은 하염없이 울었지만 나는 그럴 수 없었고 그런 나 자신이 놀라웠다. 나는 늘 감정이 풍부한 아이였고, 근본적으로는 상당히 착한 아이였다. 그런데 이제 완전히 달라졌다. 바깥세상에는 무심했고 온종일 자신의 내면에만 귀 기울였으며, 내 마음 깊은 곳에 흐르는 금지된 어두운 강물 소리만 들었다. 지난 반년 동안 성장 속도가 무척 빨라서 키가 껑충했고 몸이 마른 나는 미숙한 눈으로 세상을 바라보았다. 소년의 귀여운 모습은 완전히 사라졌고, 나는 사랑받을 수 없을 것이라 느꼈으며 스스로도 나를 절대 사랑하지 않았다. 막스 데미안이 미치도록 그리운 적이 많았다. 하지만 그가 밉기도 했으며, 그로 인해 내 삶이 추한 질병에 걸린 듯 빈곤해졌다며 그를 원망하기도 했다.

하숙집에서는 아무도 나를 좋아하지 않았고 관심을 주지도 않았다. 처음에는 나를 놀리다가 아예 관심을 끊어버렸고 나를 속 모를 음흉한 놈, 불쾌한 괴짜로 취급했다. 나는 그 역할이 마음에 들어 더 허풍을 떨었고, 세상을 깔보는 사나이 중의 사나이처럼 겉보기에만 단단한 고독 속으로 빠져들었다. 하지만 발작처럼 엄습하는 우울과 절망에 남모르게 갉아 먹힐 때가 많았다. 학교에서는 집에서 이미 쌓아둔 지식으로 버텼

다. 우리 학급은 예전 학교에 비해 진도가 약간 뒤처져 있어서 나는 습관처럼 우리 반 아이들을 한 수 아래로 내려다보았다.

한 해 동안, 아니 그보다 더 오랫동안 그랬다. 처음 방학을 맞이하여 집에 갔을 때에도 달라진 것은 없었다. 다시 돌아오는 발길이 무겁지 않았다.

11월 초였다. 나는 날씨와 관계없이 사색에 젖어 잠깐씩 산책하는 습관을 들였다. 산책을 하다 보면 일종의 희열이 밀려왔다. 세상과 자신을 향한 경멸, 우수로 가득한 희열이었다. 어느 날 저녁, 안개 자욱한 습한 해거름에도 나는 그렇게 터덜터덜 도시의 변두리를 거닐었다. 사람 그림자조차 없는 공원의 넓은 가로수길은 나를 오라 유혹했다. 길에는 떨어진 낙엽이 두둑이 쌓여 있어서 나는 괜히 심술궂게 낙엽을 발로 파헤쳤다. 습하고 쓴 냄새가 풍겼다. 저 멀리서 나무들이 귀신처럼 키를 키워 희미하게 안개를 뚫고 불쑥 솟아 있었다.

가로수길이 끝나는 지점에서 나는 걸음을 멈
추고 어디로 갈지 망설이며 검은 낙엽을 노려보
았고 풍화와 소멸의 젖은 향기를 걸신들린 듯 들
이마셨다. 내 안에서 무언가가 그 향기에 응답하
며 인사를 건네었다. 아, 인생의 맛이 어찌 이리
밍밍하단 말인가!

샛길에서 어떤 사람이 옷깃 달린 외투를 펄럭
이며 다가왔다. 내가 지나쳐 가려고 하자 그가
나를 불렀다.

"싱클레어, 안녕!"

그가 다가왔다. 우리 하숙집에서 제일 나이가
많은 알폰스 베크였다. 나는 늘 그가 좋았다. 자
기보다 나이 어린 아이들에게 늘 그렇듯 나한테
도 아저씨처럼 짓궂게 구는 것만 빼면 전혀 반감
이 없었다. 그는 힘이 장사라고 했다. 하숙집 주
인도 꼼짝 못 한다는 것이다. 그는 김나지움에서
떠도는 온갖 소문의 주인공이기도 했다.

"여기서 뭐 해?" 나이 많은 사람들이 우리 같은 아이들에게 말을 걸 때 쓰는 말투로 그가 상냥하게 물었다.

"내가 맞혀보지. 너 시 짓고 있었지?"

"아니야." 나는 무뚝뚝하게 대답했다.

그가 크게 웃더니 내 옆에서 같이 걸으면서 수다를 떨었다. 그런 수다는 오랜만이었다.

"걱정할 필요 없어. 싱클레어. 나도 다 이해해. 안개 낀 저녁에 이렇게 걷다 보면, 가을 생각에 젖어 시가 절로 입에서 나오는 법이지. 나도 알아. 당연히 죽어가는 자연을 읊는 거겠지. 그 자연을 닮은 잃어버린 청춘을 읊는 거야. 하인리히 하이네가 그렇잖아."

"난 그렇게 감상적이지 않아." 나는 반박했다.

"뭐, 좋으실 대로. 하지만 이런 날씨에는 포도주나 그 비슷한 것 한 잔 걸칠 장소를 찾는 게 좋지. 같이 갈래? 내가 지금 무지무지 외롭거든. 싫어? 물론 네가 모범 소년이 되겠다면 굳이 유혹할 생각은 없어."

잠시 후 우리는 외곽의 작은 술집에 앉아서 품
질이 미심쩍은 포도주를 마시며 두꺼운 유리잔
을 부딪쳤다. 처음엔 그다지 내키지 않았지만 어
쨌든 새로운 일이었다. 하지만 포도주에 익숙하
지 않은 나는 이내 말이 아주 많아지고 말았다.
내 마음의 창이 활짝 열려서 세상이 안으로 들어
온 것 같았다. 나는 얼마나 오랫동안, 끔찍하리만
치 오랫동안 영혼의 이야기를 털어놓지 못하였
던가! 나는 상상의 왕국으로 들어섰고 그 한가운
데에서 카인과 아벨의 이야기로 흥을 돋우었다.

베크는 흡족한 표정으로 내 말에 귀를 기울
였다. 마침내 나도 누군가에게 무언가를 주었구
나! 그가 내 어깨를 톡톡 두드리며 나를 악마라
고, 천재라고 불렀다. 내 심장은 분출하지 못했
던 말의 욕구를 실컷 흘려보내고 칭찬을 받은 기
쁨에, 선배한테 인정을 받은 기쁨에 한껏 부풀어
올랐다. 그가 나를 천재라고 불렀을 때는 그 말

이 도수 센 달콤한 포도주처럼 영혼으로 흘러들어왔다. 세상은 새로운 빛으로 불탔고 수백 개의 활기찬 샘물에서 생각이 흘러나왔으며 활력과 열정이 내 안에서 타올랐다. 우리는 선생님과 학교 친구들에 관해 이야기를 나누었고 나는 우리가 서로를 아주 잘 이해한다고 느꼈다. 그리스인과 이교도에 관해 이야기도 나눴는데 베크는 사랑의 모험을 고백해 보라고 나를 졸랐다. 하지만 그 이야기라면 나는 할 말이 없었다. 경험한 것이 없으니 털어놓을 것도 없었다. 내가 내 안에서 느끼고 구성하고 상상한 것들은 불타오르고 있었지만, 포도주를 마셔도 밖으로 쏟아져 나와 이야기가 되지는 못했다. 여자애들이라면 베크가 훨씬 많이 알았고, 나는 그런 이야기에 얼굴을 붉히며 귀를 기울였다. 믿을 수 없는 이야기가 많았다. 절대 불가능하다고 생각했던 일들이 평범한 현실이 되어 걸어 들어왔고, 너무도 당연한 일 같아 보였다. 알폰스 베크는 열여덟 살일

텐데 벌써 그런 경험담이 많았다. 여자애들은 아
첨과 예의범절만 좋아해서 그 애들하고 뭔가를
해보기가 어렵다고 했다. 물론 그러는 것도 아주
귀엽기는 하지만 그게 진짜는 아니라고 말이다.
대신 아줌마들은 훨씬 영리해서 성공 가능성이
더 크다고 했다. 가령 문방구 주인 야겔트 부인은
말도 잘 통할뿐더러 책에서는 못 볼 온갖 일들이
가게 계산대 뒤에서 이미 다 일어났다고 했다.

　나는 몽롱한 정신으로 푹 빠져서 듣고 있었다.
아무리 그래도 야겔트 부인을 사랑할 수는 없겠
지만 어쨌든 모두가 난생처음 듣는 이야기였다.
적어도 선배들에게는 내가 꿈조차 꾸어본 적 없
는 샘물이 흐르는 것 같았다. 물론 거짓의 뒷맛
이 느껴지기는 했다. 모든 것이 내가 생각하는
사랑의 맛보다 보잘것없고 일상적이었다. 그래
도 어쨌든 현실이었고 사랑이었으며 모험이었
고, 그것을 경험하고 당연하게 생각하는 한 사람
이 내 옆에 앉아 있었다.

우리의 대화는 살짝 수준이 낮아졌고 질이 떨어졌다. 나 역시 더는 천재 소년이 아니라 그저 한 남자의 이야기를 듣는 소년에 불과했다. 하지만 그마저도 지난 몇 달 동안의 내 삶에 비한다면 달콤했고 낙원 같았다. 더구나 술집에 앉아 있는 것부터 우리의 대화 내용에 이르기까지 이 모두는 금지된, 완전히 금지된 짓이었다. 그 사실을 나는 서서히 느끼기 시작했다. 어쨌거나 여기에선 정신의 맛, 혁명의 맛을 보았다.

그날 밤은 아주 또렷하게 기억이 난다. 늦은 시각, 춥고 눅눅한 밤에 우리 둘은 흐릿한 가스등을 지나 집을 향해 걸었고, 나는 난생처음 술에 취했다. 그리 근사하지는 않았다. 아니, 아주 고통스러웠다. 하지만 뭔가가 더 있었다. 매력이, 달콤함이 있었다. 그것은 저항이자 무절제였고 생명이자 정신이었다. 베크는 머리에 피도 안 마른 애송이라며 호되게 질책을 해대면서도 나를 호기롭게 살펴주었고 거의 업다시피 해서 나를 집으로 데려와서는 열린 복도 창문으로 자신과 내 몸을 억지로 쑤셔 넣어 집 안으로 들어갔다.

나는 아주 잠깐 죽은 듯 잠들었다가 통증을 느끼며 잠에서 깼다. 술이 깨면서 엄청난 고통이 밀려들었다. 나는 침대에 일어나 앉았다. 셔츠는 그대로 입고 있었고 외투와 구두는 바닥에 널브러진 채였다. 담배와 토사물 냄새가 났다. 두통과 메스꺼움과 목이 타는 갈증 사이로 오랫동안 보지 못했던 사람들의 모습이 아른거렸다. 고향이, 부모님 집이, 아버지와 어머니와 누이들과 집 정원이 보였다. 시장 광장이, 데미안이, 견진 성사 시간이 떠올랐다. 그 모든 것이 환했고 빛으로 에워싸여 있었으며 아름답고 경건하고 순수했다. 그제야 나는 깨달았다. 어제만 해도, 몇 시간 전만 해도 모든 것이, 그 모든 것이 내 것이었고 나를 기다렸으나 지금은, 지금 이 시간에는 모든 것이 타락하고 저주받아 더는 내 것이 아니었고 나를 뱉어냈으며 구역질 나는 표정으로 나를 쳐다보았다. 황금빛으로 물든 까마득한 어린 시절의 정원에서부터 지금껏 부모님께 받았던 그 모든 사랑과 애정, 어머니의 입맞춤과 크리스 마스, 신성하고 환했던 우리 집의 일요일, 정원에 핀 꽃, 그 모든 것을 내가 발로 짓밟아 망가뜨렸다. 지금 추격자가 쫓아와서 나를 꽁꽁 묶고는 쓰레기라고, 신전을 더럽힌 자라고 욕하며 교수대로 데려간다 해도 나는 그의 말에 동의하며 흔쾌히 따라나설 것이고, 그것이 옳고 합당하다고 생각했을 것이다.

그때의 내 마음은 그런 모습이었다. 세상을 배회하며 세상을 경멸하는 나! 정신이 자부심이 넘치고 데미안의 생각을 따르던 내가 아니었던 가? 그런데 이 꼴이 되다니! 술에 취해 오물로 뒤덮인 인간쓰레기에 더러운 놈, 구역질 나고 천박하며 추악한 충동에 휩쓸린 짐승! 순수와 빛과 사랑스러운 다정함이 넘치는 그 정원에서 자란 나, 바흐의 음악과 아름다운 시를 사랑했던 내가 아니었던가! 나는 여전히 구역질과 분노를 느끼면서 나 자신의 웃음소리를 들었다. 술에 취해 자제력을 잃은 웃음, 멍청하게 아무 때나 터져 나오는 웃음을 들었다. 그것이 나였다!

그렇다고는 해도 이런 고통을 감내하는 것은 쾌감에 가까웠다. 너무도 오랫동안 눈을 감고서 무감각해져 웅크리고 있었고, 입 다문 채 메마른 마음으로 구석에 처박혀 있었기에 이런 자기비판마저도, 이런 공포, 이런 불쾌한 감정마저도 영혼은 환영했다. 어쨌거나 감정이 일었고 불꽃이 솟구쳤으며 그 안에서 심장이 움칠거렸다. 당황스럽게도 나는 비참한 가운데서도 해방감과 봄의 기운을 느꼈다.

밖에서 보면 나는 대차게 내리막길을 걸었다. 한 번의 취기는 그 한 번으로 끝나지 않았다. 우리 학교 주변에는 술집이 많았고 시끄러웠다. 나는 거기에 끼는 인간 중에서도 제일 어린 축에 들었고, 얼마 안 가 억지로 끼워주는 어린애가 아니라 주동자요 스타, 소문난 대담한 술집 단골이 되었다. 나는 다시금 온전히 어둠의 세계의 식구가, 악마의 일족이 되었고, 그 세계에서 유명인사로 통했다.

마음은 참담했다. 나는 방탕으로 자신을 망가뜨리며 살았다. 친구들 사이에서는 지도자이자 대단한 놈으로, 용감하고 유머러스한 놈으로 통했지만, 마음 저 깊은 곳에는 불안에 떠는 겁에 질린 영혼이 펄떡대고 있었다. 언젠가 한번 일요일 오전에 술집을 나오다가 방금 머리를 빗고 외출복을 입은 채로 환하게, 즐겁게 길에서 노는 아이들을 보고는 울컥 눈물이 솟구쳤다. 초라한 술집, 군데군데 맥주가 쏟아진 더러운 식탁에서 희한한 냉소로 친구들을 웃기거나 놀라게 하는 동안에도 나의 숨은 마음은 내가 비웃은 모든 것을 경외하였고, 속으로 울면서 내 영혼 앞에, 내 과거와 어머니, 신 앞에 무릎을 꿇었다.

내가 동행자들과 결코 하나가 되지 못했던 데

에는, 그들 틈에 있어도 외로웠고 그래서 너무 고통스러웠던 데에는 다 이유가 있었다. 나는 술집의 영웅이요 가장 거친 심장을 쫓는 조롱꾼이었으며, 선생님과 학교, 부모님과 교회에 대해 생각하고 말할 때는 총기와 용기를 자랑했지만 ― 나는 음담패설도 태연히 들었고 내 입으로 하기도 했다 ― 친구들이 여자한테 갈 때는 한 번도 따라가지 않았다. 내 말대로라면 당연히 뻔뻔한 색골이겠으나 사실 나는 혼자였고 뜨겁게, 절망적으로 사랑을 갈망했다. 나보다 더 상처를 잘 받고 부끄럼이 많은 사람은 없었다. 가끔 젊은 시민 계급 아가씨가 어여쁘고 깔끔하고 환하고 우아하게 내 앞을 지나갈 때면, 그들은 내게 아름답고 순수한 꿈이었다. 나에 비한다면 그들은 천 배는 더 착하고 순수했다. 한동안은 야겔트 부인의 문방구에도 가지 못했다. 그녀를 보면 알폰스 베크가 했던 말이 떠올라 얼굴이 빨개졌기 때문이다.

이제 이 새로운 공동체에서도 나는 여전히 외롭고 다른 학생들과 다르다는 사실을 깨달았지만 그럴수록 더욱 그들에게서 떨어져 나오지 못했다. 술을 퍼마시며 허풍을 치는 것이 진정으로 만족스러운지도 더는 알 수 없었다. 그렇다고 술에 익숙해지지도 못해서 매번 난감한 결과를 감당해야만 했다. 모든 것이 강박 같았다. 달리 뭘 어떻게 해야 할지 도통 알 수 없어서 그렇게 할 수밖에 없었다. 오래 혼자 있는 것이 겁났다. 늘 느껴오던 부드럽고 수줍으며 진실한 감정이 일어날까 겁이 났다. 자주 떠오르던 달콤한 사랑에 관한 생각들도 두려웠다.

친구가 가장 그리웠다. 내가 좋아하던 학교 친구가 두세 명 있었다. 그런데 그들은 얌전한 모범생이었고, 나의 방탕한 행실은 오래전부터 온 학교에 소문이 났기에 그들이 나를 피했다. 모두가 나를 인생이 위태로운 가망 없는 문제아라고 생각했다. 선생님들도 나에 대한 많은 사실을 아시고 여러 차례 엄벌을 내렸고, 다들 은근히 내가 퇴학당하기를 기다렸다. 나라고 모르지 않았다. 이미 오래전부터 착한 학생이 아니었으니 이러다가는 얼마 못 가리라는 기분으로 나는 끙끙대며 근근이 살아가고 있었다.

신이 우리를 고독하게 만들어 자신에게로 이끌 수 있는 길은 많다. 그때도 신은 그 길을 나와 함께 걸었다. 악몽과 같았다. 쓰레기와 끈적거리는 오물, 깨진 맥주잔, 독설로 지새운 밤 너머로 나는 나 자신을 본다. 주문에 걸린 몽상가를, 쉬지 못하고 고통스러워하며 기어가는 나를, 더럽고 추한 길을 본다. 공주한테 가다가 진창에, 악취와 똥이 가득한 뒷골목에 갇혀 빠져나오지 못하는 그런 꿈들이 있다. 내가 그랬다. 이처럼 별로 우아하지 않은 방법으로 나는 외로워졌고, 나와 어린 시절 사이에 낙원의 문을 설치해 닫아건 다음 무지막지하게 명랑한 문지기를 세웠다. 그것이 시작이었다. 나는 나 자신을 향한 향수에 눈을 떴다.

하숙집 주인의 경고 편지를 받고 아버지가 성
○○시에 오셔서 느닷없이 나와 마주했을 때만
해도 나는 화들짝 놀랐고 움칠했다. 그러나 그해
겨울이 끝날 무렵 아버지가 두 번째로 오셨을 때
는 워낙 냉랭하고 무심해져서, 아버지가 아무리
야단을 치고 애원을 하고 어머니를 생각하라며
호소해도 아랑곳하지 않았다. 결국, 아버지는 크
게 노하여서 내가 달라지지 않으면 창피를 톡톡
히 주어 퇴학을 시킬 것이고 소년원에 넣어버리
겠다고 말했다. 그러시든가! 떠나는 아버지의 뒷
모습이 안쓰러웠지만, 아버지는 아무 소득도 거
두지 못했고 나에게로 다가올 길을 더는 찾지 못
했다. 잠깐이었으나 나는 아버지가 그런 일을 당
해도 싸다고 느꼈다.

내가 어떤 인간이 되건 나는 상관없었다. 술집
에 앉아서 잘난 척해대며 아름답지 못한 이상한
방식으로 세상과 다투었다. 그것이 나의 저항 방

식이었다. 그러느라 나는 자신을 망가뜨렸고, 이따금 이 상황을 이렇게 해석했다. 세상이 나 같은 사람을 필요로 하지 않아서, 나 같은 사람에게 더 좋은 자리, 더 숭고한 임무를 주지 않아서 나 같은 사람이 이렇게 망가지는 것이라고 말이다. 그래봤자 세상만 손해지.

그해의 크리스마스 파티는 정말로 즐겁지 않았다. 어머니는 나를 보자 기겁하셨다. 키는 훌쩍 자랐고 얼굴은 축 늘어지고 눈가에는 염증이 생긴 데다 비쩍 마른 얼굴은 흙빛이 되어 완전 못 쓰게 되었으니 말이다. 수염이 나기 시작했고 얼마 전부터 안경을 쓰고 있어서 더 낯설었을 것이다. 누이들은 뒷걸음질을 치며 킥킥 웃었다. 모든 것이 불쾌했다. 아버지 서재에서 나눈 아버지와의 대화는 못마땅하고 언짢았다. 몇몇 친척의 인사도 불쾌했고, 무엇보다 크리스마스 저녁이 불쾌했다. 내가 살아오는 동안 늘 크리스마스는 우리 집의 가장 큰 잔칫날이었다. 축제와 사랑, 감사의 저녁, 부모님과 나를 이어주는 끈을 회복하는 날이었다. 그러나 이번에는 모든 것이 답답했고 당황스럽기만 했다. 여느 때처럼 아버지는 '그곳에서 자기 양 떼를 지킨' 들판의 목자들에 대한 복음을 읽으셨고 여느 때처럼 누이들은 선물 탁자 앞에서 환한 표정으로 서 있었지만, 아버지의 목소리는 즐겁지 않았고 얼굴은 늙고 갑갑해 보였으며, 어머니는 슬퍼하셨다. 나는 선물과 덕담, 복음과 트리, 그 모두가 다 거북하고 싫었다. 레브쿠헨[2]에서는 달콤한 냄새가 풍겼고, 추억의 뭉게구름이 피어나왔다. 전나무는 향기를 뿜으며 더는 존재하지 않는 일들을 이야기하였다. 나는 어서 이 밤이, 이 휴일이 끝나기를 간절히 바랐다.

겨우내 그랬다. 얼마 전 교사회는 대놓고 경고

---

2 독일의 전통적인 쿠키로, 꿀과 생강 같은 향신료와 함께 견과류나 시트론의 열매를 넣어서 만든 비스킷이다. 주로 성탄절에 먹는다.

장을 던졌고 퇴학시키겠다고 협박했다. 얼마 안 남았다. 나는 아무래도 좋았다.

막스 데미안에게는 쌓인 것이 많았다. 지금껏 한 번도 그를 보지 못했다. 성○○시에서 학교를 다니기 전에 두 번 그에게 편지를 썼지만 답장이 없었다. 그래서 나는 방학에도 그를 찾아가지 않았다.

작년 가을, 알폰스 베크를 만났던 그 공원에서 초봄에 사건이 있었다. 가시나무 울타리가 이제 막 초록빛을 띠기 시작할 무렵 한 소녀가 눈에 들어왔다. 나는 혼자서 산책을 하는 중이었다. 건강이 안 좋아졌고 더구나 늘 돈에 쪼들리던 터라 머리 속은 언짢은 생각과 걱정만 한가득이었다. 나는 학교 친구들에게 빚을 졌고 집에서 돈을 타내려고 꼭 필요한 지출을 거짓으로 지어내야 했으며, 여러 가게에서 담배를 비롯한 물건들을 사느라 진 외상도 자꾸만 늘어났다. 물론 이런 걱정들이 더 깊어지지는 않을 터였다. 나는 어차피 머지않아 여기를 떠나 물에 뛰어들거나 소년원으로 보내질 텐데, 그렇게 되면 이런 사소한 물건들이 무슨 대수겠는가. 그러나 나는 계속해서 그런 아름답지 못한 일들을 마주치며 살았고 그로 인해 고통을 당했다.

그 봄날에 그 공원에서 한 젊은 숙녀를 만났는데, 나는 그만 홀딱 반하고 말았다. 그녀는 키가 크고 날씬했으며 옷차림이 우아했고 총명한 소년의 얼굴이었다. 나는 한눈에 그녀가 마음에 들었다. 내가 좋아하는 유형이었다. 나의 상상은 온통 그녀에게 빠져들기 시작했다. 그녀는 나보다 나이가 훨씬 많아 보이지는 않았지만, 훨씬 성숙했고 우아했으며 거의 완전한 숙녀의 태를 갖추고 있었다. 하지만 내가 무척 좋아하는 오만과 소년다움의 기색이 아직 얼굴에 남아 있었다.

나는 한 번도 내가 사랑에 빠진 소녀에게 다가간 적이 없었다. 이번에도 마찬가지였다. 하지만 그녀의 인상은 과거의 그 어떤 인상보다 깊었고,

사랑이 내 삶에 미친 이 영향력은 실로 엄청났다.

갑자기 다시 하나의 형상이 내 앞에 서 있었다. 숭배할 드높은 형상이. 아, 내 안의 그 어떤 욕망이나 충동도 그녀에 대한 경외심과 숭배를 향한 소망만큼 깊고 격렬하지 않았다. 나는 그녀에게 베아트리체라는 이름을 붙여주었다. 단테를 읽어보지는 않았어도 나는 영국의 그림을 보고 베아트리체를 알았다. 내가 그 그림의 복제품을 소장하고 있었기 때문이다. 영국의 라파엘 전파[3] 소녀상으로, 팔다리가 아주 길고 날씬하며 머리통이 좁고 길었고, 손과 얼굴은 영적이었다. 나의 아름다운 젊은 숙녀 역시 나의 취향대로 날씬하고 소년의 면모를 지니고 있었으며 얼굴에는 영성이 담겨 있었지만 그림의 그녀와 완전히 똑같지는 않았다.

나는 베아트리체와 말 한마디 나누지 못했다.

---

[3] 19세기 중엽 영국의 예술 운동으로 라파엘로 이전 즉 자연에서 겸허하게 배우는 예술을 주창한 예술가 그룹.

그런데도 그녀는 내게 엄청난 영향력을 행사했다. 그녀는 자신의 형상을 내 앞에 세워놓았고 내게 성전을 열어주었으며 나를 사원에서 기도하는 인간으로 만들었다. 나는 하룻밤 사이에 음주와 한밤의 방황을 멈추었다. 다시 혼자 있을 수 있었고 다시 책을 가까이했으며 다시 산책을 즐겼다.

나의 갑작스러운 변화에 적지 않은 조롱이 쏟아졌다. 그래도 이제 내게는 사랑과 숭배의 대상이 있었다. 나는 다시 이상을 품었고 삶은 다시 예감과 다채롭고 신비한 어스름으로 넘쳤다. 덕분에 나는 조롱에도 무심해졌다. 비록 숭배하는 형상의 노예이자 하인에 불과했어도 나는 다시 나 자신에게로 귀환하였다.

그 시절을 생각하면 절로 감동이 밀려온다. 나는 더없이 노력하여 허물어진 한 시절의 파편으로 '환한 세상'을 짓기 위해 애썼다. 나는 다시 내 안에 깃든 어둠과 악을 떨쳐내고 신 앞에 무

름 꿇고서 온전히 빛에만 머물고 싶다는 단 하나
의 소망 속에서 살았다. 어쨌거나 지금의 이 '환
한 세상'은 어느 정도는 나 자신의 창조였다. 더
는 어머니에게로, 무책임한 안락으로 도로 달려
가 숨지는 않았으니까. 그것은 나 자신이 생각해
내고 요구한 새로운 예속이었다. 책임감과 자제
력을 갖춘 예속이었다. 내게 고통을 주었고 내가
계속해서 달아났던 성은 이제 이 신성한 불길 속
에서 정신과 기도로 승화되었다. 이제 더는 어둡
고 추한 것이 있어서는 안 되었다. 신음하며 지샌
밤, 음탕한 그림을 보며 두근거리던 심장, 금지된
문에 대고 엿듣는 귀, 욕망이 있어서는 안 되었
다. 그 모든 것 대신 나는 베아트리체의 형상으로
나의 제단을 세웠다. 그리고 나를 그녀에게 바침
으로써 곧 정신과 신들께 나를 바쳤다. 나는 어두
운 힘으로부터 빼낸 삶의 부분을 이제 밝은 힘에
게 제물로 바쳤다. 욕망이 아니라 순수함이, 행복
이 아니라 아름다움과 영성이 나의 목표였다.

베아트리체를 숭배하면서 내 인생은 완전히 달라졌다. 어제만 해도 조숙한 냉소주의자였는데 이제는 신전에서 허드렛일하며 성자가 되려하는 하인이었다. 나는 익숙해진 추악한 생활을 버렸을 뿐 아니라 모든 것을 바꾸려 애썼고 모든 것에 순수와 기품과 품위를 선사하려 노력했으며, 먹고 마실 때도, 말하고 옷을 입을 때도 그 생각을 했다. 냉수욕으로 아침을 열었는데, 처음에는 무척 힘들었다. 진지하고 품위 있게 행동했고 자세는 바르게 했으며 걸음은 더 느리게, 더 기품 있게 걸었다. 옆에서 보면 우스웠을지 몰라도 내 마음에선 이것이 다 예배와도 같았다.

새로운 나의 신념을 표현해 줄 온갖 새로운 훈련 중에서도 특히 한 가지가 중요해졌다. 내가 그림을 그리기 시작한 것이다. 내가 소장한 영국의 베아트리체 그림이 그 숙녀를 많이 닮지 않아서 시작된 일이었다. 나는 나만의 그녀를 그리고 싶었다. 완전히 새로운 기쁨과 희망을 품은 채로 얼마 전에 생긴 내 방에서 아름다운 종이와 물감과 붓을 챙겼고 팔레트와 유리잔, 도자기 접시, 연필을 가지런히 정리했다. 내가 구입한 작은 튜브 속 고운 템페라4는 황홀했다. 그중에 진한 크롬 옥사이드 그린이 있었는데, 그것이 처음으로 작은 흰 접시에서 반짝이던 광경은 지금도 눈에 선하다.

나는 조심스레 시작하였다. 얼굴을 그리기는 어려워서 먼저 다른 것으로 시험해 보고 싶었다. 나는 장식품과 꽃, 상상한 작은 풍경, 예배당 옆의 나무 한 그루, 측백나무가 드리운 로마의 다리를 그렸다. 때로 이 놀이 같은 행위에 완전히 푹 빠져서 크레파스를 갖고 노는 어린아이처럼 행복했다. 그리고 마침내 베아트리체를 그리기 시작했다.

종이 몇 장은 완전히 실패해서 버렸다. 가끔

---

4 달걀 노른자, 벌꿀, 무화과즙 등을 접합체로 쓴 투명 그림 물감.

거리에서 마주치는 그 숙녀의 얼굴을 상상하려 애쓰면 쓸수록 더 잘 되지가 않았다. 결국 나는 포기하고 그냥 상상을 쫓아 얼굴을 그리기 시작했다. 시작만 해놓으면 물감과 붓이 절로 그려나 갔다. 결과물은 꿈에 본 얼굴이었고, 불만스럽지 않았다. 하지만 나는 곧바로 다시 그림을 그리기 시작했고, 결코 현실에 가깝지는 않았어도 종이 가 바뀔수록 그림은 더 또렷하게 말을 했고, 비 록 실물에 가깝지는 않았어도 그 유형에 점점 더 가까워졌다.

날이 갈수록 나는 꿈 같은 붓질로 선을 그리 고 면을 채우는 일에 익숙해졌다. 모델이 없었기 에 놀이하듯 더듬어 찾다가 무의식에서 길어 올 린 선과 면이었다. 그러던 어느 날 마침내 거의 무의식적으로 얼굴 하나가 완성되었다. 그 얼굴 은 예전의 얼굴들보다 더 세차게 내게 말을 걸었 다. 그 숙녀의 얼굴이 아니었다. 그래서도 안 되 었다. 약간 다른 얼굴, 조금은 비현실적이었지만

167

그렇다고 가치가 덜하지는 않았다. 소녀의 얼굴이라기보다는 소년의 얼굴에 더 가까웠는데, 머리카락이 나의 아름다운 숙녀와 달리 옅은 금발이 아니라 붉은 기가 도는 갈색이었고 이마는 강인하고 단단했으나 입은 붉게 피어나고 있었다. 전체적으로 약간 뻣뻣하고 가면 같았지만, 인상적이었고 신비한 생명이 넘쳤다.

완성된 종이 앞에 앉아 있으려니 이상한 기분이 들었다. 그것이 일종의 신상(神像)이나 성인(聖人)의 가면 같았다. 반은 남자, 반은 여자이며 나이도 없고, 의지가 강하면서도 몽상적이고, 딱딱하게 굳었으면서도 남모를 생명력이 넘쳤다. 이 얼굴이 내게 무슨 할 말이 있는 것 같았다. 그것은 나의 것이었고 내게 여러 가지를 요구했다. 누군가를 닮았는데 누구인지는 알 수가 없었다.

그때부터 한동안 그 초상화는 내 모든 생각에 동행하였고 내 삶을 함께했다. 누가 몰래 보고 비웃을까 봐 나는 그림을 서랍 속에 숨겨두었다.

하지만 방에 혼자 있을 때면 곧바로 그림을 꺼내서 들여다보았다. 밤이면 침대 위쪽 맞은편 벽에다 핀으로 꽂아두고서 잠이 들 때까지 바라보았고 아침에는 눈을 뜨자마자 그쪽으로 눈길을 돌렸다.

바로 그 시기에 나는 다시 어린 시절로 돌아간 듯 꿈을 많이 꾸기 시작했다. 몇 년 동안 꿈을 꾸지 않은 것 같았다. 이제 다시 꿈이, 전혀 새로운 종류의 이미지들이 돌아왔고, 그 꿈에서는 자주 그림 속 얼굴이 등장하였다. 얼굴이 살아서 이야기했고, 나와 친구가 되거나 적이 되었으며, 가끔은 얼굴을 찡그렸지만, 또 가끔은 무한히 아름답고 조화롭고 품위가 있었다.

어느 날 아침, 그런 꿈을 꾸다 깨어난 나는 문득 알아차렸다. 그 그림이 너무도 친숙하게 나를 바라보며 내 이름을 부르는 것만 같았다. 어머니처럼 나를 아는 것만 같았고, 아득한 옛날부터 나를 향해 있었던 것 같았다. 두근거리는 가

슾으로 나는 종이를 뚫어지라 노려보았다. 숱 많은 갈색 머리카락, 여성스러운 입, 이상하게 환한 강인한 이마(물감이 저절로 그렇게 말랐다)를 응시하다가 나는 깨달았다고, 알아보았다고, 파악했다고 느꼈다.

나는 벌떡 침대에서 나와 얼굴 앞에 서서 아주 가까이에서 그림을 쳐다보았다. 특히 크게 뜬 초록색의 움직이지 않는 눈동자를 들여다보았다. 오른쪽 눈이 왼쪽 눈보다 약간 위에 있었다. 문득 이 오른쪽 눈이 실룩했다. 약하게, 미세하게, 하지만 분명하게. 그리고 이 실룩거림으로 나는 그 그림의 주인공을 알아보았다.

어떻게 내가 이렇게 뒤늦게야 알아차릴 수 있었단 말인가! 그것은 데미안의 얼굴이었다.

나중에 나는 내 기억에 남은 데미안의 실제 얼굴과 그 그림을 자주 비교해 보았다. 비슷하긴 해도 절대 같지는 않았다. 그래도 그 얼굴은 데미안이었다.

언젠가 어느 초여름 저녁에 서향인 내 창으로 해가 비스듬히 비쳐 들었다. 방안이 붉게 물들었다. 그때 베아트리체인지 데미안인지의 초상화를 십자 창살에 핀으로 꽂아놓고 그 그림을 통과하는 저녁 해를 보자는 생각이 들었다. 얼굴은 윤곽을 잃고 흐릿해졌지만 붉은 테를 두른 눈과 환한 이마, 격정적으로 붉은 입술은 종이를 뚫고 나와 강렬하고도 사납게 불탔다. 그 불이 이미 꺼졌어도 나는 맞은편에 오래오래 앉아 있었다. 차츰 그것이 베아트리체도, 데미안도 아니라 나 자신이라는 기분이 들었다. 물론 그림은 나와 닮지 않았고, 또 그럴 리도 없다고 느꼈다. 하지만 그 그림은 내 인생을 이루는 것이었다. 나의 내면, 나의 운명 혹은 나의 초인적 힘이었다. 내가 또 친구를 찾는다면 저렇게 생겼을 것이다. 애인을 얻는다면 저렇게 생겼을 것이다. 나의 생명이, 나의 죽음이 저럴 것이며, 이것이 내 운명의 화음이요 리듬이었다.

그 몇 주 동안 나는 책을 한 권 읽기 시작했는데, 전에 읽었던 그 어떤 책보다도 깊은 인상을 남겼다. 나중에도 그런 경험을 안겨준 책은 드물었는데, 니체 정도가 그나마 그랬다. 그 책은 노발리스의 작품으로, 편지와 금언이 실렸는데 이해하지 못한 부분도 많았지만, 모두가 말할 수 없이 매력적이고 심금을 울렸다. 금언 하나가 아직도 기억이 난다. 나는 그 구절을 초상화 밑에다 펜으로 적어두었다. "운명과 심성은 같은 개념의 다른 이름이다." 그 말을 나는 그때 이해했다.

내가 베아트리체라고 부르는 그 숙녀와는 여전히 자주 마주쳤다. 더는 마음이 흔들리지는 않았지만, 그녀를 볼 때마다 부드러운 일체감, 감정적인 예감은 늘 느꼈다. 너는 나와 연결되어 있어. 하지만 네가 아니라 너의 형상이 그래. 너는 내 운명의 한 조각이거든.

다시 막스 데미안이 한없이 그리웠다. 그에 대해 아는 것이 없었다. 지난 몇 년간 그랬다. 딱 방학 때 한 번 그를 만난 적이 있었다. 지금 보니 내 기록에 이 짧은 만남이 빠져 있다. 수치심과 허영심 때문이었을 것이다. 빠진 부분을 지금이라도 채워 넣어야겠다.

그러니까 방학 중 하루였다. 술집에 드나들던 시절이어서 나는 피로에 절은 거만한 표정으로 지팡이를 흔들며 고향 도시를 어슬렁댔고, 늙은 속물들의 변함없이 경멸스러운 얼굴들을 흘깃거렸다. 그때 예전 친구가 내 쪽으로 걸어왔다. 그를 보자마자 나는 움칠했다. 번개처럼 빠르게 프란츠 크로머가 떠오른 것이다. 데미안이 그 일을 잊어버렸기를! 그에게 느끼는 의무감이 너무도 불쾌했다. 따지고 보면 한심한 어린 시절의 일이었지만 그래도 마음에 빚이 있었다……

그는 내가 먼저 인사하기를 기다리는 것 같았다. 내가 최대한 태연하게 인사를 건네자 그가 손을 내밀었다. 여전한 악수였다. 굳세고 따뜻하지만 서늘하고 남자다운 악수!

그는 내 얼굴을 가만히 들여다보며 말했다. "키가 컸구나, 싱클레어." 그는 전혀 변치 않은 것 같았다. 나이도 그대로, 젊음도 그대로인 듯했다.

그가 나에게 가까이 왔고 우리는 산책하며 별로 중요하지 않은 이야기들만 나누었다. 그 시절 이야기는 한마디도 하지 않았다. 문득 내가 여러 번 그에게 편지를 썼는데 그가 답장을 한 통도 하지 않았다는 생각이 들었다. 아, 그 한심하고도 한심한 편지들도 그가 잊어버렸기를! 그는 편지에 대해서도 아무 말이 없었다.

그때는 아직 베아트리체를 만나기 전이고 그림도 그리지 않을 때였다. 나는 여전히 질풍의 시절 한가운데에 있었다. 시 외곽에서 나는 그에게 술집에 가자고 청했다. 그는 따라왔다. 나는 호기롭게 포도주 한 병을 주문해서 잔에 따랐고 그와 건배를 하고는 대학생 음주 습관에 아주 익숙하다는 듯 으쓱대며 첫 잔을 단숨에 들이켰다.

"술집에 많이 다니나 봐?" 그가 물었다.

"아, 그렇지 뭐. 그것 말고 할 게 뭐 있겠어? 사실 이게 제일 신나는 일이잖아."

"그렇게 생각해? 그럴 수도 있지. 아주 좋은 점도 있으니까. 취기가 그렇지. 바커스[5]적인 면이 그렇지! 하지만 내가 보기엔 오히려 술집에 많이 가는 사람들은 대부분 그런 면을 완전히 잃어버린 것 같아. 술집 출입이야말로 진짜 속물적인 것 같거든. 그래, 하룻밤 불타는 횃불을 들고 제대로 멋진 도취와 흥분에 젖는 것이야 좋지! 하지만 그렇게 쉬지 않고 퍼마시는 건 진짜가 아니지 않아? 매일 밤 단골 술집에 가는 파우스트를 상상할 수 있겠어?"

나는 술을 마시며 증오의 눈빛으로 그를 노려보았다.

"맞아. 모두가 파우스트는 아니니까." 나는 짧

___

5 로마 신화에 나오는 술과 축제와 풍요의 신.

게 대답했다.

그는 약간 당황한 표정으로 나를 쳐다보았다.

그러더니 예의 그 상큼하고 잘난 웃음을 터트
렸다.

"그런 걸로 다투면 뭐하겠어? 어쨌거나 술꾼
이나 탕아의 삶이 흠잡을 데 없는 시민의 삶보다
는 더 활기찰 수도 있을 텐데 말이야. 어디서 읽
었는데, 탕아의 삶은 신비주의자가 되기 위한 최
고의 준비라더군. 어디 가나 선지자가 되는 성
아우구스티누스 같은 사람들이 있기 마련이지.
그분도 선지자가 되기 전에는 방탕하게 인생을
즐겼잖아."

나는 의심의 눈길을 거두지 않았고 절대 그에
게 설득당하고 싶지 않았다. 그래서 거들먹거리
며 이렇게 말했다. "맞아. 각자 자기 취향대로 사
는 거지. 솔직히 말하면 나는 선지자 따위 되는
것에는 별 관심이 없어."

데미안은 눈을 살짝 가늘게 뜨고는 다 알겠다

는 듯 나를 뻔히 쳐다보았다.

"싱클레어." 그가 천천히 말했다. "네게 듣기 싫은 말을 할 생각은 없었어. 더구나 네가 지금 무슨 목적으로 그 포도주를 마시는지는 우리 둘 다 몰라. 하지만 네 안에서 너의 삶을 만드는 것은 그걸 이미 알고 있겠지. 이걸 아는 게 좋을 거야. 우리 안에는 모든 것을 알고, 모든 것을 바라고 모든 것을 우리 자신보다 더 잘하는 누군가가 살고 있거든. 미안한데 나는 그만 가볼게."

우리는 짧은 작별 인사를 나누었다. 나는 아주 언짢은 기분으로 남아서 시킨 포도주 한 병을 다 마셨고 일어나 계산을 하려고 보니 데미안이 이미 계산을 마친 후였다. 그래서 더 기분이 상했다.

이제 내 생각은 이 작은 사건에서 다시 멈추었다. 생각이 데미안으로 가득 찼다. 그가 그 도시 외곽의 술집에서 했던 말들이 이상하게도 생생하게, 또렷하게 다시 기억이 났다. "우리 안에는 모든 것을 아는 누군가가 살고 있다는 사실을 아는 게 좋아."

나는 창문에 걸려 완전히 빛을 잃은 그림을 쳐다보았다. 하지만 눈동자는 여전히 불타고 있었다. 그것은 데미안의 눈빛이었다. 혹은 내 안에 사는 그 누군가였다. 모든 것을 아는 그 누군가.

데미안이 얼마나 그리웠는지 모른다. 그에 대해서는 아는 것이 하나도 없었고, 그는 내가 닿을 수 없는 곳에 있었다. 내가 알았던 것은 그저 그가 어딘가에서 대학을 다니고 있고, 김나지움을 졸업한 후에 그의 어머니도 우리 도시를 떠났다는 사실 정도였다.

크로머와의 사건에 이르기까지, 나는 막스 데미안과 얽힌 모든 추억을 떠올려 보았다. 그가 했던 수많은 말들이 다시 귀에 울려 퍼졌다. 그 모든 말들이 여전히 의미 있고 현실적이며 나의 문제였다. 그다지 즐겁지 않았던 마지막 만남에서 그가 탕자와 성자에 대해 했던 말도 문득 내 영혼 앞에 환하게 나타났다. 내가 정확히 그의 말대로 되지 않았던가? 새로운 삶의 충동이 일어서 내 안의 정반대가 살아나기까지, 순수를 향한 욕망과 성스러운 것을 향한 그리움이 깨어나기까지, 나는 취기와 오물에 젖어, 마비와 고독에 빠져 살지 않았던가?

그렇게 나는 계속 추억을 쫓았다. 이미 어둠이 내린 지 오래였고 밖에는 비가 내렸다. 추억 속에서도 나는 빗소리를 들었다. 그가 나에게 프란츠 크로머에 대해 캐물으며 나의 첫 비밀을 알아맞혔던 그 밤나무 아래의 시간이었다. 하나씩 추억이 떠올랐다. 등굣길에 나눈 대화, 견진성사 수업 시간. 그리고 마지막으로 막스 데미안과의 첫 만남이 떠올랐다. 무슨 이야기를 나누었을까? 곧바로 생각나지 않아서 나는 시간을 두고 천천히 고민했고 그 생각에 푹 빠져들었다. 이제 그 장면도 다시 등장했다. 우리는 우리 집 앞에 서 있었다. 그가 카인에 대한 자신의 의견을 말한 후였다. 그때 그는 우리 집 대문 위에 붙은 낡아 희미해진 문장에 대해 이야기했다. 아래에서 위로 오면서 차츰 넓어지는 마감석에 새겨진 그 문장 말이다. 그는 그것에 흥미를 느낀다고 말했다. 그런 물건은 주의 깊게 보아야 한다고도 말했다.

밤에는 데미안과 문장 꿈을 꾸었다. 문장이 계속해서 변했고 데미안이 그것을 양손에 쥐고 있었는데, 어떤 때는 작고 회색이다가 또 어떤 때는 어마어마하게 크고 다채로운 색깔이었다. 하지만 그는 내게 그것이 항상 같은 것이라고 설명했다. 그리고 마지막에 그가 나더러 문장을 먹으라고 강요했다. 내가 문장을 삼키자 삼킨 문장의 새가 내 안에서 살아 움직이며 나를 가득 채웠고 안에서부터 나를 파먹기 시작했다. 나는 큰 충격을 받고 죽음의 공포에 사로잡혀 벌떡 일어났다. 그 순간 잠이 확 달아났다.

정신이 번쩍 들었다. 한밤중이었고 나는 방으로 들이치는 빗소리를 들었다. 창문을 닫으려고 일어나다가 바닥에 떨어져 있던 밝게 빛나는 것을 밟았다. 아침에 보니 내가 그린 그림이었다. 바닥에 떨어져 있던 그림은 비에 젖어 울룩불룩했다. 나는 그림을 말리려고 압지로 감싸 펴서 두꺼운 책 속에 집어넣었다. 며칠 후에 펼쳐 보니 그림은 다 말라 있었다. 하지만 그림이 달라졌다. 붉은 입이 바랬고 약간 얇아져 있었다. 이제는 완전히 데미안의 입이었다.

새로운 종이를 꺼내 문장의 새를 그렸다. 어떻게 생겼는지 또렷이 기억나지는 않았지만, 내가 아는 바로는 설령 가까이에서 보았다고 해도 더 또렷이 알아보지는 못했을 것이다. 워낙 만든 지 오래된 데다가 여러 번 덧칠을 했기 때문이다. 새는 무언가의 위에, 꽃이든가 바구니든가 둥지든가, 수관이든가, 무언가의 위에 서 있거나 앉아 있었다. 나는 개의치 않고 또렷하게 상상한 것부터 그리기 시작하였다. 정체 모를 욕심에서 곧바로 짙은 색깔부터 시작했다. 내 그림에서 새의 머리는 황금색이었다. 나는 내킬 때마다 계속 그림을 그렸고, 며칠 만에 완성하였다.

이제 그것은 예리하고 대담한 새매의 머리를 한 맹금이었다. 새의 몸뚱이 절반은 어두운 지구에 박혀 있었는데, 새가 파란 하늘을 배경으로 거대한 알에서 나오듯 그곳에서 솟구쳐 나오려 애쓰고 있었다. 보면 볼수록 꿈에서 나타났던 다채로운 색의 문장이라는 느낌이 더해졌다.

어디로 부칠지 알았다고 해도 데미안에게 편지를 쓸 수는 없었을 것이다. 그러나 그때 나는 모든 일을 꿈같은 예감에 따랐고, 이번에도 그런 예감을 쫓아서 그의 손에 당도하건 아니건 그에게 새매 그림을 보내자고 결심했다. 아무 글도 적지 않았다. 내 이름조차 적지 않았다. 나는 그림의 가장자리를 조심스럽게 잘라내고 큰 종이 봉투를 사서 거기에 내 친구의 예전 주소를 적었다. 그리고 곧바로 그림을 부쳤다.

시험이 다가왔고 나는 전보다 더 열심히 공부

해야 했다. 어느 날 문득 그 창피스러운 방황을 끝내자 선생님들은 너그럽게 나를 다시 받아주었다. 물론 지금도 착한 학생은 아니었지만, 6개월 전만 해도 모두가 내가 벌을 받아 퇴학당할 수 있다고 생각했다는 사실을 나도, 그 누구도 더는 떠올리지 않았다.

아버지는 다시 질책도 협박도 담기지 않은 예전의 어조로 편지를 보내셨다. 그러나 나는 어떻게 해서 내가 변했는지, 아버지께도, 그 누구에게도 설명하고 싶지 않았다. 그 변화가 부모님과 선생님의 바람과 일치한 건 우연이었다. 달라졌다고 해서 내가 다른 이들에게로 다가간 것은 아니었다. 나는 그 누구와도 가까워지지 않았다. 오히려 더 외로워졌다. 변화의 목적지는 전혀 다른 곳이었다. 데미안, 머나먼 운명이었다. 정작 나 자신은 그걸 몰랐다. 나는 변화의 한가운데에 있었다. 변화는 베아트리체로부터 시작되었으나, 얼마 전부터 나는 내가 그린 그림과 데미안에 대한 생각과 더불어 너무도 비현실적인 세상에서 살았기에 베아트리체마저 눈에서도, 생각에서도 완전히 사라지고 말았다. 누구에게도 나의 꿈을, 나의 기대와 내적 변화를 말할 수 없었다. 혹여 내가 그러고 싶었다고 해도 말할 수 없었을 것이다.

내가 어찌 그런 말을 하고 싶었겠는가?

5장

—

새는 알을 깨고
나오려 투쟁한다

내가 그린 꿈속의 새는 내 친구를 찾아 떠났다.
그리고 너무나 놀랍게도 답장이 도착했다.

수업 중간의 쉬는 시간이 끝나서 내 자리로 돌아왔더니 책상에 놓여 있던 책에 쪽지 하나가 꽂혀 있었다. 같은 반 친구들이 수업 시간에 몰래 쪽지를 주고받을 때 접는 방식으로 접힌 쪽지였다. 내가 놀랐던 이유는 내게 그런 쪽지를 보낼 친구가 없었기 때문이다. 나는 같은 반 친구 누구와도 그 정도로 친하지 않았다. 나는 장난질에 같이 하자는 초대장이라 생각했고 어차피 나는 하지 않을 테니까 쪽지를 읽지도 않고 책 앞쪽에 끼워두었다. 그러다 수업 도중에 우연히 다시 쪽지를 빼냈다.

나는 종이를 만지작거리다가 생각 없이 펼쳤다. 그 안에 단어 몇 개가 적혀 있었다. 그 글자로 눈길을 주었다가 한 단어에 눈길이 멎었고, 나는 화들짝 놀라 쪽지를 읽기 시작했다. 내 심장은 운명 앞에서 혹한을 만난 듯 오그라들었다.

"새는 알을 깨고 나오려 투쟁한다. 알은 세계이다. 태어나려는 자는 한 세계를 파괴해야 한다. 새는 신에게로 날아간다. 신의 이름은 아브락사스이다."

나는 그 구절을 몇 번이나 읽었고, 깊은 생각에 빠져들었다. 의심의 여지가 없었다. 데미안의 답장이었다. 나하고 데미안을 빼고는 새에 대해 아는 사람이 없었다. 그가 내 그림을 받은 것이다. 그는 그림을 이해했고 내가 해석할 수 있게 도와주었다. 하지만 이게 다 무슨 관련이 있을까? 가장 큰 의문은 아브락사스가 무엇인가 하는 것이었다. 나는 그 말을 들어본 적도, 읽어본 적도 없었다. "신의 이름은 아브락사스이다."

수업 내내 내용이 하나도 귀에 들어오지 않았다. 다음 수업이 시작되었다. 오전의 마지막 수업이었다. 대학을 갓 졸업한 젊은 보조 교사의 수업이었는데, 그는 워낙 젊은 데다가 억지로 품위 있는 척하지도 않아서 학생들이 다 좋아했다.

폴렌 선생님은 수업 시간에 헤로도토스를 읽었다. 내가 재미를 느끼는 몇 안 되는 과목 중 하나였다. 하지만 이번 시간에는 통 집중을 하지 못했다. 기계적으로 책을 펼치기는 했어도 번역을 따라가지 못했고 다른 생각에 푹 빠져 있었다. 더구나 데미안이 예전 종교 수업 시간에 했던 말이 정말로 옳았던 경험을 나는 벌써 여러 번 했다. 강렬히 원하면 이루어졌다. 수업 시간에 너무도 열심히 내 생각에 빠져 있으면 선생님조차 가만히 내버려둘 정도로 아주 차분해질 수 있었다. 맞다. 산만하거나 졸릴 때는 갑자기 선생님이 옆에 서 계셨다. 나도 이미 경험한 일이다. 하지만 진실로 생각을 하고 있으면, 진실로 푹 빠져 있으면 아무도 건드리지 않았다. 그가 말한 단호한 시선도 벌써 시험해 보았고, 그의 말이 옳다는 것을 깨달았다. 당시 데미안과 어울릴 때는 성공하지 못했지만, 지금 나는 시선과 생각으로 아주 많은 것을 이룰 수 있다는 사실을 자주 느꼈다.

그래서 지금도 몸은 여기 앉아 있으나, 생각은 헤로도토스와 학교에서 멀찍이 떨어져 있었다. 그런데 불현듯 선생님의 목소리가 번개처럼 의식을 강타하는 바람에 깜짝 놀라 정신을 차렸다. 선생님의 목소리가 들렸고 그가 바로 옆에 서 있었다. 내 이름을 부를 줄 알았지만 그는 나를 보지 않았다. 나는 안도의 한숨을 내쉬었다.

그때 다시 선생님의 목소리가 들리며 큰 소리로 그 단어를 뱉어냈다. "아브락사스."

앞부분은 놓쳤지만, 선생님은 설명을 이어나
갔다. "우리는 고대의 그 종파와 신비주의 단체
의 견해를 합리주의적 고찰의 관점에서 생각하
듯 그렇게 단순하게 상상해서는 안 됩니다. 고대
는 우리가 생각하는 학문을 전혀 알지 못했어요.
대신 철학적, 신비주의적 진실을 연구했고, 그
수준이 매우 높았습니다. 거기서 일부 주술과 마
술이 생겨나서 사기와 범죄로 이어지기도 했지
만, 그 주술마저도 기원은 고귀하고 사고는 깊었
습니다. 내가 앞에서 사례로 들었던 아브락사스
의 학설도 그러합니다. 흔히들 그 이름이 그리스
의 주문과 관련이 있다고 생각합니다. 요즘도 일
부 원시 부족들이 믿고 있는 사악한 마법사의 이
름이라고 생각하지요. 하지만 아브락사스는 훨
씬 더 많은 의미를 띠는 것 같습니다. 우리는 이
를 신의 이름이라 생각할 수 있겠습니다. 그 신
의 상징적 임무는 신의 일과 악마의 일을 결합하
는 것이지요."

키는 작지만 박식한 그 남자는 세련되게, 열심히 이야기를 이어갔다. 그러나 아무도 귀 기울여 듣지 않았다. 아브락사스라는 이름이 더는 나오지 않자 나의 관심 역시 이내 다시 나 자신에게로 돌아오고 말았다.

"신의 일과 악마의 일을 결합한다." 그 말이 계속 귀에 남아 울렸다. 이 지점에서 시작할 수 있을 터였다. 우리 우정의 마지막 시절에 데미안과 나누었던 대화에서 들어 알고 있는 내용이었다. 그때 데미안은 우리에게는 숭배하는 한 분의 신이 계시지만, 그분은 그저 우리 마음대로 떼어낸 반쪽 세상(공식적인 세상, 허락된 세상, '밝은' 세상)을 대변할 뿐이라고 말했다. 하지만 우리는 온 세상을 숭배할 수 있어야 하며, 그러기에 악마이기도 한 신이 있어야 한다고, 신에게 예배를 올리는 한편으로 악마에게도 예배를 올려야 한다고 했다. 그런데 신이자 악마이기도 한 그 신이 바로 아브락사스였던 것이다.

한동안 나는 열을 올려 아브락사스의 흔적을 찾았지만, 별 성과가 없었다. 아브락사스를 찾아서 온 도서관을 다 뒤져도 소득이 없었다. 그러나 나는 이렇게 의식적으로, 직접 찾아다니는 방식에는 소질이 없었던 데다, 어차피 그렇게 찾은 진실은 대부분 손안의 돌이다. 진실을 거머쥐었다고 생각했는데 나중에 보면 손에 돌만 남아 있다. 잠시 열과 성을 다해 몰두했던 베아트리체의 형상은 이제 서서히 가라앉았다. 아니, 서서히 내게서 멀어졌다는 표현이 더 맞겠다. 그녀는 점점 더 지평선으로 사라져갔고, 더 흐릿해지고 멀어졌으며 빛을 잃었다. 나의 영혼이 더는 그녀로 만족하지 못했던 것이다.

나만의 방식으로 내 안에 자리 잡은 삶을 나는 몽유병 환자처럼 살아가고 있었다. 그런데 이제 그 삶이 새로운 모습을 띠기 시작했다. 삶을 향한 갈망이 내 안에서 타올랐다. 아니, 사랑을 향한 갈망이라 부르는 편이 더 옳겠다. 한동안 베아트리체를 숭배하며 해소할 수 있었던 성적 충동이 새로운 이미지와 목표를 요구하였다. 여전히 충족은 없었고, 이제는 그 갈망을 속이기가, 다른 친구들에게는 행복을 주는 소녀들에게서 무언가를 기대하기가 예전보다 더 불가능해졌다. 나는 다시 많은 꿈을 꾸기 시작했다. 밤보다 낮에 더 많이 꾸었다. 상상과 이미지 혹은 소망들이 내 안에서 솟구쳤고 바깥세상으로부터 나를 떼어내어 멀리 데려가는 통에, 나는 현실의 환경보다 내 안의 이 이미지들, 꿈과 그림자들과 더 현실적이고 더 활발하게 교류하며 살았다.

그중에서도 계속해서 되풀이되는 하나의 특정한 꿈 혹은 상상의 놀이는 의미를 갖게 되었다. 내 인생에서 가장 중요하고 가장 오래 남은 이 꿈은 대략 이런 내용이었다. 나는 아버지의 집으로 돌아왔다. 대문 위의 파란 바탕에 노란 문장의 새가 반짝거렸다. 집에서 어머니가 나를 반겨 맞았다. 그런데 집에 들어가서 어머니

를 안으려는 순간 그것은 어머니가 아니라 난생
처음 본 형상이었다. 키가 크고 건강한 것이 막
스 데미안 혹은 내가 그린 그림과도 비슷했으나
달랐고, 몸이 건장한데도 완전히 여성적이었다.
이 형상이 나를 자신에게로 끌어당겨 꼭 끌어안
았는데, 나는 그 사랑의 포옹이 어쩐지 으스스
했다. 기쁨과 공포가 뒤섞였고, 포옹은 예배였고
범죄이기도 했다. 어머니에 대한 그 수많은 추억
이, 내 친구 데미안과 나눈 너무도 많은 추억이
나를 끌어안은 그 형상 안에 서려 있었다. 그 포
옹은 일체의 경외감을 배척했으나 행복했다. 이
꿈에서 깨어날 때면 나는 무시무시한 죄악에서
벗어난 듯 자주 짙은 행복을 느꼈고, 자주 죽음
의 공포와 고통스러운 양심의 가책을 느꼈다.

　나의 내면에만 머문 이 형상과 바깥에서 내게
로 날아온 신을 찾으라는 충고는 아주 서서히,
무의식적으로 결합하였다. 그러나 일단 하나가
되자 둘의 사이는 더 밀접하고 긴밀해졌으며, 나

는 바로 이 예감의 꿈에서 내가 아브락사스를 외쳐 불렀다고 느끼기 시작했다. 희열과 공포, 남자와 여자가 뒤섞이고, 신성한 것과 추한 것이 서로 넘나들며, 깊은 죄가 지극한 순수를 관통하는…… 내 꿈의 형상은 그러했으며, 아브락사스도 그러하였다. 처음에는 불안에 떨며 사랑을 짐승의 어두운 충동이라 여겼으나 이제 더는 그러지 않았다. 사랑은 베아트리체의 그림에 바친 것 같은 신성한 정신적 숭배의 대상도 아니었다. 사랑은 그 둘 다였다. 아니, 그 이상이었다. 사랑은 천사이자 사탄이었고 남자이자 여자였으며 인간이자 짐승이었고 지고의 선이자 극도의 악이었다. 이런 삶을 사는 것이 나의 숙명이었고, 이를 맛보는 것이 나의 운명이었다. 나는 그 운명이 그리웠고 두려웠다. 그래서 그 운명을 꿈꾸었고 그것을 피해 달아났다. 그러나 운명은 늘 거기 있었다. 언제나 내 위에 있었다.

이듬해 봄이면 김나지움을 졸업하고 대학에

가야 했지만 나는 어디로 가서 무슨 공부를 할지
몰랐다. 입술 위에 솜털 수염이 자랐다. 나는 성
인이었다. 그러나 어찌할 바를 몰랐고 목표도 없
었다. 확실한 것은 단 하나, 내 안의 목소리, 꿈의
형상뿐이었다. 나는 그것의 인도에 맹목적으로
따라야 한다는 의무감을 느꼈으나 그러기가 힘
들어 매일 반항하였다. 어쩌면 나는 미쳤는지도
모르겠다. 그런 생각이 드물지 않게 들었다. 어
쩌면 나는 다른 사람들하고 같지 않은 걸까? 그
러나 다른 사람들이 하는 일은 나도 다 할 수 있
었다. 조금만 노력하고 애쓰면 플라톤을 읽고 삼
각법 숙제를 하거나 화학 분석을 따라갈 수 있었
다. 다만 한 가지 내가 할 수 없는 것이 있다면, 내
안에 어둡게 숨은 목표를 끌어내어 내 앞 어딘가
에다 그리는 일이었다. 다른 아이들은 교수나 판
사, 의사나 예술가가 되고 싶다는 것을 정확히 알
고 있었고, 그것이 얼마나 오래 걸리는 일인지,
그것이 되면 어떤 점이 좋은지 훤히 알았다. 나는

그럴 수 없었다. 어쩌면 나도 언젠가는 그런 직업을 가지게 될 테지만, 어떻게 그걸 안단 말인가. 어쩌면 나도 찾아야 할지 모르는 일이었다. 몇 년 동안 계속해서 찾았어도 결국 아무것도 되지 못하고 아무 목표에 도달하지 못할 수도 있었다. 어쩌면 어떤 목표에 도달할지도 모르지만 찾고 보니 사악하고 위험하고 무서운 목표일 수도 있었다.

나는 그저 나 자신에게서 솟아나려는 것을 삶으로 실천하려 애쓸 뿐이었다. 그런데 그것이 왜 그토록 어렵단 말인가?

이따금 내 꿈속 그 강렬한 사랑의 형상을 그리려 애써보았다. 하지만 한 번도 성공하지 못했다. 성공했더라면 그 종이를 데미안에게 부쳤을 것이다. 그는 어디에 있을까? 나는 알지 못했다. 내가 아는 것은 그저 그와 내가 하나로 연결되어 있다는 것뿐이었다. 그를 언제 다시 만나게 될까?

베아트리체와 함께 보낸 그 몇 주, 몇 달 동안

내가 느꼈던 그 다정한 안식은 오래전에 사라졌다. 당시 나는 섬에 도착했고 평화를 찾았다고 생각했다. 그러나 늘 그랬듯 어떤 상태가 좋아지자마자, 어떤 꿈이 좋아지자마자 그 꿈은 곧바로 시들고 흐려졌다. 그 꿈을 뒤쫓으며 한탄해보았자 소용없었다. 그때의 나는 채워지지 않은 욕망, 팽팽한 기대의 불길 속에서 살았고, 이따금 그 불길로 인해 완전히 사나워져 미쳐 날뛰었다. 꿈속 애인의 형상은 너무도 또렷했다. 내 손보다 훨씬 더 또렷할 때도 많았다. 나는 그 형상과 이야기를 나누었고 그 앞에서 울었으며 그것을 피해 달아났다. 나는 그것을 어머니라 부르며 그 앞에 무릎 꿇고 울었고, 애인이라 부르며 모든 것을 이루어줄 그것의 성숙한 키스를 예감했으며, 그것을 악마, 창녀, 흡혈귀, 살인자라 불렀다. 그것은 그 무엇도 너무 착하고 고귀하다 여겨지지 않았으며, 너무 나쁘고 저급하다고도 여겨지지 않았다.

그해 겨우내 나는 설명하기 힘든 마음의 폭풍 속에서 살았다. 외로움은 오래전에 익숙해져서 더는 고통스럽지 않았다. 나는 데미안과 함께, 새매와 함께, 내 운명이자 애인이었던 거대한 꿈 속 형상의 이미지와 함께 살았다. 그것이면 충분히 살 수 있었다. 그 모든 것이 위대하고 광활한 것을 바라보았고, 그 모든 것이 아브락사스를 가리켰으니 말이다. 그러나 이 꿈과 나의 생각 중 그 어느 것도 나를 따르지 않았다. 나는 그 어느 것도 불러낼 수 없었고 내 마음대로 색을 부여할 수 없었다. 그것들이 와서 나를 낚아챘고, 나는 그것들에 지배당했으며 그것들이 시키는 대로 살았다.

겉보기에는 내가 단단해 보였을 것이다. 나는 사람을 겁내지 않았고, 학교 친구들도 그 사실을 알아서 나를 몰래 존경했다. 나는 자주 그 상황이 우스워서 미소를 지었다. 마음만 먹으면 나는 그들 대부분의 속내를 아주 잘 꿰뚫어 보았고,

이따금 그런 행동으로 그들을 놀라게 했다. 다만 대체로 그럴 마음이 통 나지 않거나 아예 없었다. 나는 늘 내게 정신이 팔려 있었고, 늘 나와 함께 있었다. 그리고 마침내 이제는 제대로 살아보기를, 내 안에서 무언가를 꺼내 세상에 넣어보기를, 세상과 관계 맺고 맞붙어 싸우기를 간절히 바랐다. 때로 저녁에 거리에 나왔다가 불안해져서 자정까지도 집으로 돌아갈 수 없을 때면, 지금이야말로 나의 애인이 틀림없이 나를 만나러 올 것이라 생각했다. 그녀가 다음 길모퉁이를 지나갈 것이고 코앞의 창문에서 나를 부를 것이라고 생각했다. 때로 이 모든 것이 견딜 수 없을 만큼 고통스러워 죽어버리자 결심하기도 했다.

그러던 어느 날, 나는 특별한 도피처를 발견했다. 흔히들 '우연' 덕분이라 말하지만, 사실 그런 우연은 존재하지 않는다. 무언가가 반드시 필요한 사람이 꼭 필요한 그것을 찾아낸다면, 누군가에게 그것은 우연이 아니다. 자기 자신, 자신의 욕구이자 필요가 그를 그곳으로 이끈 것이다.

시내를 지나다니다가 두세 번 시 외곽의 작은 교회에서 울려 나오는 오르간 연주 소리를 들었었다. 그때는 발길을 멈추지는 않았다. 다음번에 그 앞을 지나가다 또 연주 소리를 들었고, 그 곡이 바흐의 작품이라는 사실을 깨달았다. 교회의 문으로 다가가 보니 잠겨 있었다. 골목에 인적이 드물어서 나는 교회 옆 갓돌에 앉아서 외투 깃을 세우고서 음악에 귀를 기울였다. 크지는 않았지만 품질이 좋은 오르간이었고, 연주 솜씨도 놀라웠다. 잘 치다 못해 거의 명연주에 가까웠다. 의지와 끈기를 지극히 개인적으로 독특하게 표현하여 마치 기도처럼 울렸다. 듣고 있자니 이런 기분이 들었다. 연주자는 이 음악에 보물이 숨어 있다는 걸 아는구나. 그는 이 보물이 자기 생명인 양 그것에 구애하고 그것을 두드리고 얻기 위해 애쓰는구나. 음악 기법을 많이 알지 못하지만 이런 영혼의 표현이라면 나는 어린 시절부터 본

능적으로 이해하였고, 내 안의 음악적인 것을 당연하다고 느꼈다.

연주자는 이어 현대곡도 연주했다. 레거의 곡 같았다. 교회는 거의 암흑이었고, 아주 가는 빛줄기 하나만이 바로 옆의 창문을 통해 비쳐 나왔다. 나는 음악이 끝날 때까지 기다렸고, 그러고도 다시 왔다 갔다 하며 시간을 끌다가 밖으로 나오는 연주자를 보았다. 나보다는 나이가 많았어도 아직 젊은 사람이었다. 다부지게 생겼고 땅딸막했는데, 무슨 언짢은 일이라도 있는지 성큼성큼 서둘러 그곳을 떠났다.

그날 이후로 나는 이따금 저녁 시간에 교회 앞에 앉거나 그 앞을 왔다 갔다 했다. 한번은 문이 열려 있어서, 연주자가 위층에서 희미한 가스등 불빛에 의지하여 연주하는 삼십여 분 동안 오들오들 떨면서도 행복에 겨워 의자에 앉아 있었다. 그가 연주하는 곡에서 나는 그 자신만 들은 것이 아니었다. 그가 연주하는 모든 것이 자기들끼리 마음이 통하고 은밀한 관계를 맺는 것 같았다. 그가 연주하는 모든 것이 거룩했고 헌신적이었으며 경건했다. 그러나 교회에 가는 사람들이나 목사처럼 경건한 것이 아니라 순례자와 탁발승처럼 경건했다. 모든 종파를 초월하여 전 우주적 감각에 남김없이 헌신하며 경건하였다. 그는 바흐 이전의 대가들과 옛 이탈리아인들의 곡도 열심히 연주했다. 그리고 모든 곡이 같은 말을 했다. 모든 곡이 들려준 말은 그 음악가의 영혼에도 담겨 있었다. 갈망하고, 더없이 간절하게 세상을 움켜쥐며, 그 세상과 다시 가장 야멸차게 헤어지고, 자신의 어두운 영혼에 뜨겁게 귀 기울이고, 헌신에 취하며 아름다운 일에 깊은 호기심을 보이라고 말이다.

언젠가 교회에서 나온 오르간 연주자를 몰래 따라갔다. 그가 도심에서 먼 외곽의 작은 술집으로 들어갔다. 나는 참지 못하고 따라 들어갔다. 그곳에서 처음으로 그를 똑똑히 보았다. 그는 작은 술집 한 귀퉁이의 탁자에 자리를 잡았다. 머리에 검은 펠트 모자를 쓰고 포도주 한 잔을 앞에 두고 앉은 그의 얼굴은 내가 기대했던 그 모습이었다. 못생겼고 살짝 사나웠지만 탐색하는 듯했고 완고한 고집불통에 의지가 넘쳤다. 그러나 입 주변은 부드럽고 아이 같았다. 남자답고 강인한 인상은 눈과 이마에 모여 있었고 하관은 부드럽고 미숙하며 자제력이 없어 보였고 부분적으로는 나약해 보이기도 했다. 우유부단해 보이는 턱은 이마와 눈빛과는 반대로 소년 같아 보였다. 자부심과 적의가 넘치는 짙은 갈색 눈동자는 사랑스러웠다.

나는 말없이 그의 맞은편 자리에 앉았다. 술집에는 우리 둘밖에 없었다. 그가 쫓아버리려는 듯 나를 노려보았다. 그래도 나는 의연하게 버티고 앉아 있었고, 결국 그는 화가 나서 툴툴거렸다. "뭘 그렇게 노려봐요? 나한테 바라는 게 뭡니까?"

"아무것도 바라지 않습니다. 벌써 많은 걸 알 거든요." 내가 말했다.

그가 이맛살을 찌푸렸다.

"그래요? 음악에 열광하나 보지? 음악에 미치다니, 구역질 나."

나는 그의 말에도 전혀 흔들리지 않았다. "선생님의 연주 자주 들었습니다. 저기 외곽 교회에서요." 내가 말했다. "아무튼 귀찮게 할 생각은 없습니다. 선생님한테서 뭔가 특별한 걸 찾을 거라 생각했거든요. 정확히 뭔지는 모르겠지만요. 하지만 제 말에 신경 쓰지 마세요. 선생님 연주는 교회에서 들을 수 있으니까요."

"항상 문을 잠그는데요."

"최근에 잊으신 것 같네요. 저는 안에 들어가 앉아 있었습니다. 보통은 밖에 서 있거나 갓돌에 앉아 있지만요."

"그래요? 다음번에는 들어와요. 안이 더 따뜻하니까. 그냥 문을 두드려요. 물론 세게, 내가 연주 안 할 때 두드려야 해요. 이제 말해봐요. 무슨 말이 하고 싶었어요? 아주 젊은 사람이구만, 보아하니 고등학생 아니면 대학생? 음악 전공해요?"

"아닙니다. 음악을 좋아합니다. 하지만 선생님이 연주하시는 것 같은 그런 음악만 좋아하지요. 정말로 무조건적인 음악, 들으면 거기서 한 인간이 천국과 지옥을 뒤흔든다는 느낌이 드는 그런 음악요. 그런 음악이 정말로 좋습니다. 그런 음악은 도덕적이지 않다는 생각이 들거든요. 다른 건 모조리 다 도덕적이에요. 저는 그렇지 않은 것을 찾습니다. 도덕적인 것들 탓에 늘 고통받았거든요. 제가 표현을 잘하지 못합니다만, 신이자 악마인 신이 틀림없이 존재한다는데, 아세요? 그런 신이 한 분 계셨답니다. 어디서 들었어요."

음악가는 챙 넓은 모자를 살짝 뒤로 젖혀 짙은 색 머리카락을 흔들어 넓은 이마 위로 내렸다. 그러면서 나를 뚫어지게 쳐다보더니 탁자 너머

내 쪽으로 고개를 기울였다. 그가 기대에 부풀어 낮은 소리로 물었다. "지금 말한 그 신의 이름이 뭡니까?"

"아쉽지만 그분에 대해선 아는 게 거의 없어요. 사실 이름밖에 모르는데요. 아브락사스입니다."

마치 누군가 우리를 엿듣기라도 하는 듯 음악가가 미심쩍은 눈으로 주변을 살폈다. 그러더니 내 쪽으로 가까이 몸을 숙여 속삭이듯 말했다.

"그럴 거라 생각했지. 당신 누구야?"

"김나지움 학생입니다."

"아브락사스는 어디서 알았어요?"

"우연히요."

그가 책상을 쳤다. 포도주 잔이 넘쳤다.

"우연! 무슨 그런 개…… 이봐요, 젊은이! 아브락사스는 우연히 알 수가 없어요. 명심해요. 내가 조금 더 말해줄 테니까. 아브락사스라면 내가 조금 알거든."

그는 입을 다물고 의자를 뒤로 젖혔다. 내가

기대에 차서 그를 바라보고 있으니 그가 얼굴을
찌푸렸다.

"여기서 말고. 다음번에. 자, 받아요."

그가 여태 입고 있던 외투 주머니에 손을 집어
넣어 구운 밤 몇 개를 꺼내 내게 던졌다.

나는 아무 말도 하지 않고 밤을 받아먹었고,
아주 만족했다.

"그러니까!" 그가 잠시 후 속삭였다. "어디서
알았다고요, 그를?"

나는 망설이지 않고 대답했다.

"그때는 외로웠고 어찌할 바를 몰랐습니다.
그러던 중 어릴 적 친구가 생각났지요. 정말 아
는 게 많은 친구거든요. 그래서 그림을 그렸습니
다. 지구를 뚫고 나오는 새 그림이었지요. 그 그
림을 그에게 부쳤습니다. 시간이 흐르고 답장을
포기했을 무렵에 종이 한 장이 제 손에 들어왔습
니다. 거기에 이렇게 적혀 있었습니다. '새는 알
을 깨고 나오려 투쟁한다. 알은 세상이다. 태어

나려는 자는 한 세상을 파괴해야 한다. 새는 신에게로 날아간다. 그 신의 이름은 아브락사스이다.'"

그는 아무 대꾸도 하지 않았고 우리는 밤을 까서 포도주와 함께 먹었다.

"한 잔 더?" 그가 물었다.

"감사합니다만 저는 됐습니다. 술을 좋아하지 않아서요."

그가 약간 실망하며 웃었다.

"그러시든가. 나는 그렇지 않으니 여기 더 있을 거요. 인제 그만 가요."

다음번에 연주가 끝나고 함께 걸을 때 그는 별 말이 없었다. 그는 나를 오래된 골목에 있는 낡았지만 웅장한 저택으로 데려갔다. 위층의 약간 침침하고 황량한 큰 방으로 올라갔다. 그 방에서 음악과 관련이 있는 물건은 피아노 한 대뿐으로, 큰 책장과 책상이 오히려 학자의 방 같은 분위기를 풍겼다.

"책이 정말 많습니다." 나는 감탄했다.

"일부는 아버지 서재에서 가져온 거요. 여기가 아버지 집이거든. 그래요, 젊은이, 나는 아버지 어머니하고 같이 살아요. 하지만 그분들께 소개해줄 수는 없소. 여기 이 집에서는 내 친구를 탐탁지 않아 하거든. 알겠지만 나는 탕아요. 우리 아버지는 무척 존경할 만한 분이시지. 이 도시에서 유명한 목사님이자 설교가시거든. 그런데 나로 말할 것 같으면 한마디로 재능 있고 촉망받았으나 탈선해서 살짝 돌아버린 아들이지. 신학을 전공했는데 국가시험 직전에 그 고리타분한 학과를 그만두고 말았으니까. 물론 개인적인 공부라면 사실 여전히 그 분야에 있기는 하지만 말이오. 사람들이 그때그때 어떤 신을 생각해내었는지, 그 문제가 여전히 나의 가장 중요하고 흥미로운 연구 주제요. 그것만 빼면 나는 지금 음악가이고, 보아하니 곧 작은 교회의 오르간 연주자 자리를 얻을 것 같아요. 그럼 또 교회로 돌아가는 거지."

나는 작은 책상 등의 희미한 불빛에 의지해서 책등을 쭉 살폈고 그리스어, 라틴어, 히브리어 제목을 발견했다. 그사이 그는 어두운 벽 쪽 바닥에 엎드려 뭔가 혼자 바빴다.

"이리 와요." 잠시 후 그가 나를 불렀다. "여기서 잠깐 철학을 좀 해봅시다. 그러니까 입은 닥치고 배 깔고 누워서 생각을 해보자는 거요."

그가 성냥을 그어 앞에 놓인 벽난로 속 종이와 장작에 불을 붙였다. 불꽃이 화르르 솟구쳤고 그는 정말로 신중하게 불을 쑤셔 불길을 돋구었다. 나는 해진 양탄자 위에 그와 나란히 누웠다. 그가 불을 가만히 쳐다보았다. 나도 불이 좋아서 우리는 한 시간 정도 타닥이는 장작불 앞에서 말없이 배를 깔고 엎드려 맹렬히 활활 타오르다가 주저앉고 구부러지고 가물거리며 꺼지다가 움칠대고 마침내 가라앉아 조용한 잉걸불이 되어 바닥으로 내려앉는 불을 바라보았다.

"불 숭배는 인류가 생각해낸 가장 어리석은 짓은 아니었지." 그가 한 번 혼자 중얼거렸다. 그 말 말고는 우리 둘 다 한마디도 하지 않았다. 눈길을 불에 붙박은 채 나는 꿈과 고요에 잠겼고 연기에서 형체를, 재에서 형상을 보았다. 그러다 깜짝 놀라 일어났다. 그가 송진 한 조각을 불에 던져 가느다란 작은 불길이 솟구쳐 올랐는데 그 안에서 노란 새매 머리를 단 그 새를 보았던 것이다. 사그라드는 벽난로의 불길에서 금빛으로 반짝이는 실이 모여 그물이 되었고 글자와 이미지가 등장했다. 얼굴과 동물, 식물, 벌레, 뱀의 추억들이 나타났다. 정신이 들어 그를 보니 그는 턱을 주먹에 얹고 푹 빠져서 미친 사람처럼 재를 노려보고 있었다.

"그만 가보겠습니다." 내가 소리 죽여 말했다.

"그래요. 그럼 가요. 잘 가요."

그는 일어나지 않았다. 등불이 꺼졌으므로 나는 벽을 더듬어가며 가까스로 어두운 방과 복도,

계단을 지나 그 저주받은 오래된 집을 나왔다. 도로에 가만히 서서 그 집을 올려다보았다. 불이 켜진 창이 하나도 없었다. 주석으로 만든 작은 문패가 대문 앞 가스등 불빛을 받아 반짝거렸다.

문패에는 '담임 목사 피스토리우스'라고 적혀 있었다. 집에 돌아와서 저녁을 먹은 후 내 작은 방에 혼자 있으려니 내가 아브락사스도 피스토리우스도 아는 것이 없으며 우리는 거의 열 마디도 나누지 않았다는 생각이 들었다. 그래도 나는 그 집 방문이 매우 만족스러웠다. 그는 다음번에는 나를 위해 아주 특별한 고전 오르간 작품 북스테후데의 〈파사카글리아〉[1]를 들려주겠다고 약속했다.

오르간 연주자 피스토리우스는 우리가 함께

---

[1] 디트리히 북스테후데는 바로크시대 독일의 작곡가이자 오르간 연주자. 파시칼리아는 17세기 초 에스파냐의 무곡이다.

음울한 그의 방 벽난로 앞 바닥에 엎드려 있는 동안 나도 모르는 사이 처음으로 내게 가르침을 전했다. 불을 바라보는 것이 나는 참 좋았다. 불을 보고 있으니, 늘 내게 있었으나 여태 한 번도 살피지 않았던 내 안의 기질이 재확인되었고 그것에 힘이 실렸다. 차츰차츰 나는 그 사실을 조금씩 깨달았다.

어릴 적에도 나는 자연이 만들어낸 이상한 모양의 형상들을 가만히 바라보는 기질이 있었다. 관찰하는 것이 아니라, 그것이 지닌 마법, 뒤죽박죽인 그 형상의 심오한 언어에 푹 빠져 있었다. 오래전에 굳어버린 나무뿌리, 알록달록한 광맥, 물 위에 뜬 기름 얼룩, 유리컵에 난 균열……. 그 시절엔 그 비슷한 것들은 모조리 엄청난 마력을 발휘했다. 특히 물과 불, 연기와 구름, 먼지가 그랬고, 눈을 감으면 보이는 빙글빙글 도는 색깔 무늬는 정말이지 마법이었다. 피스토리우스의 집에 처음 다녀온 후 며칠 동안 다시 그런 생각이 떠오르기 시작했다. 그날 이후 기운이 솟고 기분이 좋아졌으며 내 안의 감정들이 더 강렬해졌는데 그것이 다 불을 오래 바라본 덕이라는 사실을 깨달았다. 불을 보고 이상하게 편안하고 마음이 넉넉해졌다.

지금껏 내 진정한 삶의 목표를 향해 가는 길에서 겪었던 얼마 안 되는 경험에 이 새로운 경험이 추가되었다. 그런 형상을 가만히 들여다보고 비합리적이고 뒤죽박죽인 기이한 자연의 형태에 몰두하고 있으면 우리의 내면과 이 형상들을 만든 의지가 우리 안에서 일치한다는 느낌이 들었다. 우리는 곧 그 형상들이 우리 자신의 기분이라고, 우리 자신의 창조물이라고 생각하고픈 유혹을 느낀다. 자신과 자연의 경계가 흔들리고 허물어지는 광경을 목격하며, 우리 망막에 맺힌 이미지들이 외부의 인상에서 왔는지 내면의 인상에서 왔는지 모르는 그런 기분을 알게 된다. 우리가 창조자이며, 쉼 없는 세계 창조에 우리 영혼이 관여한다는 깨달음을 이런 연습만큼 간단하고도 쉽게 얻을 수 있는 곳은 없다. 우리 내면과 자연에서 활동하는 신은 나눌 수 없는 같은 신이다. 따라서 바깥세상이 멸망한다 해도 우리 중 한 사람은 세상을 다시 일으켜 세울 수 있다. 산과 강, 나무와 잎, 뿌리와 꽃, 자연에서 만들어진 모든 것은 우리 안에서 미리 만들어져서 영혼으로부터 나오기 때문이다. 그 영혼의 본성은 영원이고, 우리는 그 본성을 알지 못하지만, 우리는 대부분 그것을 사랑의 능력과 창조의 능력이라고 느낀다.

세월이 많이 흐른 후에야 나는 나의 이런 관찰이 옳았음을 책으로 확인하였다. 레오나르도 다빈치의 책이었다. 그는 많은 이들이 침을 뱉는 담벼락을 바라보는 것이 정말 좋고, 깊은 감흥을 안긴다고 말하였다. 불 앞에서 피스토리우스와 내가 느낀 감정을 그는 축축한 담벼락에 생긴 얼룩 앞에서 느꼈던 것이다.

다음번에 만났을 때 오르간 연주자는 이렇게 설명했다.

"우리는 늘 개성의 경계를 너무 좁게 그어요. 항상 개인적이라고 구분하는 것, 다르다고 인식하는 것만 자신이라고 생각해요. 하지만 우리는 세상의 모든 요소로 이루어져 있어요. 우리 각자가 그래요. 우리의 몸이 어류에 이르는, 아니 그보다 더 거슬러 올라가는 진화의 계보도를 자기 안에 담고 있듯이, 우리의 영혼에도 인간의 영혼 안에서 살았던 모든 것이 담겨 있어요. 그리스인이건 중국인이건, 아프리카 흑인이건 일찍이 존재했던 모든 신과 악마가, 그 모두가 우리 안에 함께 있으니까. 가능성으로, 바람으로, 탈출구로 존재하는 거지요. 인류가 다 죽고, 재능이 그다지 뛰어나지 않은 데다 배운 것도 없는 아이 하나만 살아남아도 그 아이가 만물을 되찾을 겁니다. 신도 악마도 낙원도 계명도 금지도 신약과 구약도, 그 모두를 다시 만들어낼 수 있을 겁니다."

"네, 알겠습니다. 그렇지만 정말 그렇다면 개인의 가치는 어디에 있을까요? 우리가 우리 안에 이미 모든 것을 갖추고 있다면 우리는 왜 여전히 죽을까요?" 내가 반박했다.

"잠깐만!" 피스토리우스가 크게 소리쳤다. "세상을 자기 안에 담고 있는 것과 그걸 아는 것은 큰 차이가 있지요. 미치광이도 플라톤과 비슷한 생각을 할 수 있고, 헤른후트 형제단 학교[2]에 다니는 신앙심 깊은 꼬마 아이도 그노시스파나 조로아스트 교인이나 알법한 심오한 신비주의적 연관 관계를 창의적으로 고민할 수 있어요. 하지만 그 아이는 그게 무언지 몰라요. 그걸 모

---

2 기독교 종교 개혁기에 모라비아를 중심으로 활동한 기독교 신앙 단체. 성경을 신앙의 유일한 규준으로 삼으면서 소박하고 겸손한 비폭력의 삶을 추구하였다. 원래 보헤미아를 중심으로 활동하여 '보헤미아 형제단'이라고 불렸으나, 근거지를 모라비아로 옮긴 후 이름을 고쳐 불렀다. 보헤미아 형제단의 전통을 따르는 한 그룹이 1722년 모라비아를 떠나 작센에 있는 진젠도르프 백작의 영지에 정착했고 그곳에서 헤른후트Herrnhut 기독교 공동체를 세웠다.

르는 동안에는 그는 나무이거나 돌이고, 기껏해야 동물이지요. 하지만 깨달음의 첫 불꽃이 아스라이 타오르는 순간 그 아이는 마침내 인간이 되는 겁니다. 거리를 걸어 다니는 두발짐승이 직립하고 자식을 열 달 동안 뱃속에 품는다는 이유만으로 다 인간이라고 생각하지는 않겠지요? 그들 중에 얼마나 많은 숫자가 물고기이거나 양이고 벌레이거나 거머리인지, 얼마나 많은 숫자가 개미이고 벌인지 잘 알잖아요! 물론 그들 각자에게는 인간이 될 가능성이 있어요. 하지만 그 가능성을 예감하고, 조금이나마 깨닫는 법을 배워야 그 가능성이 그의 것이 되겠지요."

우리의 대화는 이런 식이었다. 완전히 새로운 지식, 정말로 놀라운 사실을 안겨준 적은 거의 없었다. 하지만 모든 대화가, 지극히 평범한 대화도 내 안의 같은 지점을 가볍지만 쉬지 않고 망치질해댔고, 모든 대화가 나의 성장을 도왔으며, 내가 허물을 벗도록, 껍질을 부수도록 도와주었다. 대화가 거듭될 때마다 내가 머리를 더 높이, 더 자유롭게 치켜든 덕에 마침내 나의 노란 새는 무너진 세상의 껍질을 부수고 그 아름다운 맹금의 머리를 내밀었다.

우리는 또 꿈 이야기를 자주 했다. 피스토리우스는 해몽에 능했다. 놀라운 사례 하나가 지금 막 기억이 난다. 꿈에서 내가 하늘을 날 수 있었는데, 누군가가 나를 허공으로 힘차게 던졌기 때문이었다. 허공을 나는 기분은 신났지만, 내 뜻과 상관없이 걱정스러울 정도로 높이 던져졌다는 사실을 깨닫고는 이내 공포에 사로잡혔다. 하지만 내가 숨을 참거나 내쉬며 오르내리기를 조절할 수 있다는 사실을 깨닫고는 안도하였다.

이야기를 다 들은 피스토리우스는 말했다. "당신을 날게 한 그 힘찬 추진력은 우리 모두가 가진 인류의 위대한 자산입니다. 모든 힘의 뿌리와 연결되어 있다는 느낌이지요. 하지만 그런 느낌이 들자마자 우리는 곧바로 불안을 느껴요. 정말 위험하거든요! 그래서 대부분은 날기를 포기하고 법 규정에 맞게 인도를 걷자는 선택을 하는 거지요. 하지만 당신은 아니에요. 당신은 유능한 사내라면 응당 그래야 하듯 계속해서 날아가지요. 그리고는 놀라운 사실을 발견합니다. 차츰 당신이 주인이 된다는 사실, 당신을 낚아채어 데리고 가는 그 거대하고 보편적인 힘에 작고 섬세한 당신만의 힘이 추가된다는 사실을 발견하는 겁니다. 하나의 기관, 하나의 조종간이 추가되는 거지요. 대단한 일입니다! 그 기관이 없으면 광인들이 그렇듯 의지도 없이 공중으로 휘말려 들어갈 테니까요. 당신은 인도를 걷는 사람들보다 더 심오한 예감을 선물로 받았어요. 그들은 열쇠와 조종간이 없어서 끝 모를 바닥으로 빨려 들어가지만, 싱클레어, 당신은 그 일을 해내고 있어요. 어떻게 하느냐고요? 그걸 아직 모르겠어요? 당신은 새 기관으로, 호흡 조절기를 이용해서 하고 있어요. 그리고 이제 저 깊은 곳 당신의 영혼이 얼마나

'개인적'이지 않은가를 알 수 있지요. 당신이 그 조절기를 개발한 사람이 아니니까. 그것이 새로운 것이 아니니까! 조절기는 대여품이에요. 수천 년 전부터 있었어요. 물고기의 평형기관, 부레이지요. 실제로 몇몇 이상하고 보수적인 물고기 종은 아직도 부레가 일종의 허파 역할을 하고 상황에 따라서는 진짜로 호흡을 도울 수 있어요. 그러니까 당신이 꿈에서 비행 주머니로 사용한 허파하고 한 치도 안 틀리고 똑같은 거지요."

피스토리우스는 심지어 동물학 책까지 한 권 가져와서 그 원시적인 물고기의 이름과 사진을 보여주었다. 그리고 나는 이상한 떨림과 함께 내 안에서 살아 움직이는 진화 초기 단계의 기능을 느꼈다.

6장

—

야곱의 씨름

이상한 음악가 피스토리우스에게서 아브락사스
에 관해 들은 내용을 요약해서 전달하는 것이 쉽
지는 않다. 하지만 내가 그에게서 배운 가장 중요
한 것은, 자신을 향해 가는 길에서 내디딘 또 한
발짝의 걸음이었다. 그때 나는 열여덟살 무렵이
었고 평범하지 않은 젊은이였다. 많은 면에서 조
숙했지만 다른 많은 면은 완전히 뒤처져서 속수
무책이었다. 이따금 다른 아이들과 나를 비교하
여 자부심을 느끼고 우쭐했지만, 또 그만큼 자주
의기소침하고 주눅이 들었다. 내가 천재라는 생

각을 자주 했고 또 내가 반미치광이라는 생각도 자주 했다. 또래 친구들의 기쁨과 삶을 나눌 수 없었고 그들과 떨어져 삶의 문이 닫혀버린 가망 없는 사람처럼 자책과 걱정에 시달렸다.

자신도 괴짜 어른이었던 피스토리우스는 내게 용기와 자존감을 지키라고 가르쳤다. 내 말과 내 꿈, 내 상상과 생각에서 항상 가치 있는 것을 찾아내었고, 그것들을 항상 진지하게 대하고 논의하여 내게 모범을 보였다.

"음악을 좋아하는 것이 도덕적이지 않기 때문이라고 말했죠. 그 말에는 이의가 없어요. 하지만 그러자면 당신 스스로가 도덕주의자면 안 되는 겁니다. 다른 사람하고 비교하지 말아야 해요. 자연이 당신을 박쥐로 만들었다면 타조가 되려고 해서는 안 되죠. 때로 자신이 이상하다고 생각하고, 남들과 다른 길을 간다고 자책도 하겠지만, 그러면 안 돼요. 불을 보고 구름을 봐요. 어떤 예감을 느끼고 영혼의 목소리가 말을 시작하면 그 목소리에게 전부 맡기고 묻지 말아야 해요. 선생님이나 아버지, 어떤 신의 마음에 들지, 그들이 좋아할지 묻지 말아야 해요. 물으면 망가지는 겁니다. 물으면 인도로 올라가 화석이 되는 거지요. 싱클레어. 우리의 신은 아브락사스예요. 그가 신이요, 사탄이며 밝은 세상과 어두운 세상을 품고 있어요. 아브락사스는 당신의 어떤 생각도, 어떤 꿈도 반대하지 않아요. 그 사실을 잊으면 안 돼요. 하지만 당신이 나무랄 데 없는 정상인이 되면 그때 그는 당신을 떠날 겁니다. 당신을 떠나 자기 생각을 담을 다른 그릇을 찾을 거예요."

내 모든 꿈 중에서도 그 음울한 사랑의 꿈이 가장 오래 지속되었다. 나는 자주, 정말 자주 그 꿈을 꾸었는데, 꿈속에서 문장의 새 아래를 지나서 낡은 우리 집으로 들어갔고 어머니를 끌어안으려고 했지만 어머니가 아니라 반은 남자고 반은 어머니인 키 큰 여자를 끌어안았다. 나는 두려워하면서도 그것을 뜨겁게 갈망했다. 그 꿈을 친구에게 들려줄 수는 없었다. 다른 것은 다 털어놓았어도 그 꿈만은 함구했다. 그 꿈은 나의 모퉁이였고 나의 비밀이자 나의 피난처였다.

우울할 때면 나는 피스토리우스에게 북스테후데의 〈파사카글리아〉를 연주해달라고 부탁했다. 저물녘의 컴컴한 교회에서 나는 자신에게 집중하고 자기 소리에 귀 기울이게 하는 이 이상하고 진실한 음악에 푹 잠겼고, 그때마다 기분이 좋아지며 영혼의 목소리를 인정하겠다는 각오를 다졌다.

가끔 우리는 오르간 소리가 멎고 나서도 한참 동안 교회에 앉아서 뾰족한 아치형의 높은 창문으로 들어왔다 기울어지는 희미한 빛을 바라보았다.

"우습게 들리겠지만 한때 나는 신학을 공부했고 목사가 될 뻔했어요. 하지만 방식이 틀렸을 뿐 여전히 내 직업과 목표는 사제예요. 다만 너무 일찍 만족하고는 여호와에게 나를 마음대로 쓰시라 맡겼던 거죠. 아브락사스를 알기 전이었거든. 아, 모든 종교는 아름다워요. 기독교의 성찬을 받건 메카로 순례를 하건 모든 종교는 영혼이에요."

"그렇다면 그냥 목사가 될 수도 있었잖아요." 내가 말했다.

"아니야. 싱클레어. 그건 아니에요. 그러자면 거짓말을 해야 하거든. 우리 종교는 종교가 아닌 것처럼 굴어요. 자기가 이성의 작품인 양 행동하지요. 아쉬운 대로 가톨릭은 어찌어찌 될까 몰라도 신교의 목사는…… 아니야! 내가 아는 진실한 신도들은 성경의 글자 하나하나에 집착해서, 그런 사람들에게는 예수가 사람이 아니라 영웅이며 신화라고, 허깨비라고, 영원의 벽에 그려진 인류 자신의 모습이라고 말할 수 없을 거예요. 교회에 오는 또 다른 사람들은 좋은 말씀을 듣고 의무를 다하며 아무것도 놓치지 않으려는 등등

의 이유로 교회에 오는데, 그런 사람들에게 내가
무슨 말을 하겠어요? 그들을 개종시켜야 할까
요? 그럴 마음은 전혀 없어요. 사제는 개종시키
려 하지 않아요. 그저 신도 중에서, 자기와 비슷
한 사람들 틈에서 살고 싶은 것이고, 우리가 우
리의 신을 길어내는 그 감정의 배달꾼이자 표현
이고 싶은 거예요."

그가 잠시 말을 멈추었다 다시 이어나갔다.
"친구, 이제 아브락사스라는 이름을 붙인 우리
의 새 종교는 아름다워요. 우리가 가진 것 중에
서 제일 좋은 것이지요. 하지만 아직은 젖먹이
수준이지. 아직 날개가 자라지 않았죠. 아, 외로
운 종교, 그건 아직 진짜가 아니에요. 공동의 종
교가 되어야 해요. 제식과 도취 의식, 축제와 비
밀 의식을 갖추어야 하고……"

그는 자기 생각에 빠져들었다.

"혼자서 혹은 극소수 사람들끼리 비밀 의식을
할 수는 없나요?" 나는 망설이다 물었다.

"그럴 수도 있지요." 그가 고개를 끄덕였다. "나도 오래전부터 그러고 있고. 내가 드리는 예배는 누가 알면 감옥에 가야 할지도 몰라요. 하지만 그것도 아직은 올바른 방법은 아니에요."

갑자기 그가 내 어깨를 툭 치는 바람에 나는 움칠했다. 그가 다급하게 말했다. "당신도 비밀의식을 치르고 있어요. 틀림없이 나한테 말하지 않은 꿈을 꾸고 있을 거니까. 굳이 알고 싶지 않지만, 이 말은 해주고 싶어요. 그 꿈을 삶으로 옮겨서 그 꿈을 놀이로 삼고 그 꿈에 바칠 제단을 세워요. 아직 완전한 것은 아니지만 하나의 길이니까. 우리가, 당신과 나와 다른 몇 사람이 언젠가 세상을 개혁할지는 두고 봐야 알겠죠. 하지만 우리 안에서는 매일 세상을 개혁해야 해요. 그러지 않으면 아무것도 이루지 못할 거예요. 잊지 말아요. 싱클레어, 당신은 열 여덟이에요. 거리의 창녀한테 달려갈 것이 아니라 사랑을 꿈꾸어야 해요. 사랑의 소망을 품어야 해요. 어쩌면 당신은 그 꿈이 무서울지도 몰라요. 무서워하지 말아요. 그 꿈은 당신이 가진 것 중에서 제일 좋은 것이니까. 당신 나이 때에 난 사랑의 꿈을 능욕한 대가로 많은 것을 잃었어요. 그러면 안 되는 거예요. 아브락사스를 알고 나면, 더는 그런 짓을 해서는 안 돼요. 어떤 것도 무서워하지도 말고, 우리 안의 영혼이 바라는 것은 그 무엇도 금지되었다고 생각해서는 안 돼요."

나는 화들짝 놀라 반기를 들었다. "생각난 대로 다 할 수는 없죠. 마음에 안 든다고 사람을 죽여서는 안 되는 거잖아요."

그가 내게로 더 다가왔다.

"상황에 따라서는 죽여도 돼요. 다만 그런 짓들이 대부분 실수라는 게 문제지만. 물론 머리에 떠오른다고 무조건 다 하라는 말은 아니에요. 하지만 선의를 품은 생각들을 쫓아버리려거나 괜스레 교화시키려 들어 해롭게 만들어서는 안 되는 거지요. 자신이나 타인을 십자가에 못 박을 일이 아니라 웅대한 사고의 잔으로 포도주를 마시면서 희생의 비밀을 생각할 수 있다는 말이에요. 물론 그런 행동이 없어도 자신의 충동과 유혹을 존중과 사랑으로 대할 수 있을 것이고요. 그렇게 하면 그것들의 의미가 드러납니다. 그것들 모두에는 의미가 있으니까요. 또 뭔가 멋진 생각이나 죄스러운 생각이 떠오르거든, 누군가를 죽이고 싶거나 누군가에게 정말 야비한 행동을 하고 싶거든 잠깐 생각하세요. 그 순간 당신의 마음에 그런 상상을 불러온 이는 아브락사스라고. 당신이 죽이고 싶은 인간은 아무개 씨가 아니라 그냥 위장에 불과하다고. 우리가 어떤 사람을 증오할 때는 그의 모습을 띠고서 우리 안에 자리 잡은 어떤 것을 증오하는 겁니다. 우리 자신 안에 없는 것은 우리를 자극하지 않거든요."

피스토리우스가 그처럼 나의 가장 은밀한 곳을 그렇게나 깊이 건드리는 말을 한 것은 처음이었다. 나는 아무 대답도 못 했다. 하지만 내가 가장 강렬하고 이상하게 느낀 지점은 그의 위로의 말이 몇 년 전부터 내 마음에 담겨 있던 데미안의 말과 일치한다는 사실이었다. 그들은 서로를 모르는데 같은 말을 했다.

피스토리우스가 소리 죽여 말했다. "우리가 보는 것은 우리 안에 있는 것과 같은 것이에요. 우리 안에 있는 현실 말고 다른 현실은 없어요. 그래서 대부분의 사람이 너무도 비현실적으로 사는 거예요. 바깥의 이미지들을 현실로 생각하고 자기 안에 있는 자기 현실은 한마디도 못 하게 입을 틀어막기 때문이지요. 그래도 행복할 수는 있어요. 하지만 일단 다른 것을 알고 나면 더는 대부분이 가는 길을 선택하지 않지요. 싱클레어. 대부분이 가는 길은 쉽고 우리가 가는 길은 어려워요. 그래도 우린 그 길을 가야 해요."

며칠 후 두 번이나 그를 기다렸다가 허탕을 친 후에 늦은 저녁 시간, 거리에서 그를 만났다. 그는 차가운 밤바람을 맞으며 홀로 모퉁이를 돌아

걸어오고 있었다. 비틀대는 것이 완전히 취해 있었다. 나는 그를 부르고 싶지 않았다. 그는 나를 보지도 않고 지나쳤고, 미지의 세상에서 부르는 음울한 외침을 따르는 듯 외로움에 사무친 이글거리는 눈동자로 앞을 노려보았다. 나는 그를 따라 거리를 걸었다. 마치 눈에 보이지 않는 줄이 잡아끄는 듯 그는 유령같이 열정적이지만 흐트러진 걸음걸이로 걸어갔다. 나는 슬픈 마음이 되어 집으로, 구원받지 못한 나의 꿈들에게로 돌아갔다.

"그는 저렇게 자기 안의 세상을 개혁하는구나!"라고 생각한 순간 바로 나는 그것이 저급하고 도덕적인 생각이라는 것을 깨달았다. 내가 그의 꿈에 대해 무엇을 안단 말인가? 어쩌면 취한 그가 불안에 휩싸인 나보다 더 안전한 길을 걷는지도 모를 일이다.

쉬는 시간에 이따금 같은 반 친구 하나가 나와

가까워지려고 애를 쓰는 것 같았다. 나는 전혀 관심이 없던 아이였다. 키가 작고 약해 보이는 데다가 체격도 작았고, 붉은빛이 감도는 가는 금발에 시선과 행동이 약간 독특했다. 어느 날 저녁 집으로 가고 있는데 그가 골목에서 나를 기다리고 있다가 나를 앞세우더니 뒤쫓아와서는 우리 집 앞에서 걸음을 멈추었다.

"뭐 나한테 볼일 있어?" 내가 물었다.

"그냥 너랑 이야기하고 싶어서. 나랑 좀 걸을래?" 그가 쭈뼛거리며 말했다.

나는 그를 따라갔고, 보아하니 그는 기대에 차서 완전히 흥분한 상태였다. 그는 손을 달달 떨었다.

"너 심령술사야?" 느닷없이 그가 물었다.

"아니야. 크나우어. 전혀 아냐. 왜 그런 생각을 해?"

"그럼 접신론자야?"

"그것도 아닌데."

"아, 그렇게 숨기지만 말고. 네가 특별하다는 건 느낌으로 알아. 눈에 담겨 있어. 네가 귀신들하고 만난다고 나는 믿어. 호기심 때문에 묻는 거 아니야. 싱클레어. 나도 구도자거든. 알잖아. 나 너무 외로워."

"이야기해 봐." 나는 그의 용기를 북돋웠다. "귀신이라면 아는 게 없지만 말이야. 나는 내 꿈속에서 사는데, 네가 그걸 느꼈구나. 다른 사람들도 꿈속에서 살지만 자기 꿈속에서 살지는 않지. 그게 차이야."

"그래, 어쩌면 그럴 수도 있겠네." 그가 속삭였다. "다만 어떤 종류의 꿈인지가 중요하지. 백마법(白魔法)이라는 말 들어봤어?"

나는 아니라고 대답할 수밖에 없었다.

"자신을 다스리는 법을 가르쳐 주는 거래. 영원히 살 수 있고 마술을 부릴 수도 있고. 그런 훈련 안 받아봤어?"

그게 무슨 훈련이냐는 나의 호기심 어린 질문

에 크나우어는 일단 답을 꺼렸지만, 내가 가겠다며 돌아서자 술술 털어놓기 시작했다.

"가령 잠이 들고 싶거나 집중을 하고 싶을 때 나는 그런 훈련을 해. 어떤 걸 생각하는 거야. 단어나 이름이나 기하학 도형 같은 거 말이야. 그리고 그걸 생각으로 내 몸에다 집어넣어. 최대한 힘껏. 그다음에 그것이 내 머리에 있다고 상상하는 거야. 그걸 머리에서 느낄 때까지. 다음 차례로 목 안으로 집어넣고, 그런 식으로 온몸을 꽉 채우는 거야. 그럼 나는 완전히 단단해져서 무슨 일이 있어도 의연할 수 있는 거지." 그가 무슨 말을 하는지 조금은 이해가 되었다. 하지만 그가 정작 하고 싶은 말은 그게 아닌 것 같았고, 이상하게 흥분한 데다 서툰다는 느낌이 들었다. 나는 그가 말하기 수월하게 질문을 바꾸었고, 얼마 안 가 그는 본론에 도달하였다.

"너도 금욕하지?" 그가 불안한 표정으로 물었다.

"그게 무슨 말이야? 성욕 말이야?"

"맞아, 맞아. 나는 벌써 2년째 금욕하고 있어. 그 교리를 알고 나서부터. 그전에는 나쁜 짓 많이 했거든. 너도 알겠지만. 그러니까 너는 여자하고 한 번도 안 잔 거지?"

"응. 아직 진짜 여자를 못 찾았거든." 내가 대답했다.

"진짜라고 생각되는 여자를 찾으면 같이 잘 거야?"

"당연하지. 그녀가 싫다고 하지 않으면." 나는 약간 조롱을 섞어 말했다.

"아, 그건 잘못이야. 내면의 힘은 완전히 금욕을 해야 생길 수 있는 거야. 나는 2년이나 금욕했어. 2년하고도 한 달 조금 더. 너무 힘들어. 더는 못 참겠다 싶을 때도 많아."

"잘 들어. 크나우어. 난 금욕이 그 정도로 중요하다고 생각하지 않아."

"나도 알아. 다들 그렇게 말해. 하지만 너마저

그런 말을 할 줄은 몰랐어. 더 높은 정신의 길을 가려면 깨끗해야 해. 반드시!"

"그래, 그럼 그렇게 해. 나는 왜 성욕을 억누르면 다른 사람보다 '더 깨끗'한지 잘 모르겠어. 너는 모든 생각과 꿈에서 성욕을 지울 수 있어?"

그는 절망적인 표정으로 나를 쳐다보았다.

"아니, 그게 안 되는 거야. 빌어먹을. 하지만 그래야만 해. 밤이면 자신에게도 털어놓을 수 없을 꿈을 꿔. 무시무시한 꿈!"

피스토리우스가 했던 말이 떠올랐다. 그의 말이 정말 옳다고 느꼈지만 그 말을 전할 수 없었다. 내 경험에서 우러나오지 않은 조언을 해줄 수는 없었다. 나도 아직 그 조언을 실천할 만큼 성숙하지 못하다고 느꼈으니까. 나는 아무 말도 하지 않았고 누군가 나에게 조언을 구하는데도 해줄 말이 없어서 자존심이 상했다.

"안 해본 짓이 없어." 크나우어가 옆에서 한탄했다. "할 수 있는 건 다 해봤어. 찬물을 뒤집어

쓰고, 몸에 눈을 바르고 운동도 하고 달리기도 하고. 하지만 다 소용없어. 밤마다 생각도 하면 안 되는 꿈을 꾸다가 깨어나. 정말 끔찍한 건, 그리고 나면 영적으로 배웠던 것들이 모조리 다시 서서히 사라진다는 거야. 더는 집중도 안 되고 잠도 오지 않아 온밤 내내 눈을 뜬 채로 누워 있어. 오래는 못 참을 거야. 그래서 결국 이 싸움을 통과하지 못하고 굴복하여 다시 몸을 더럽힌다면 나는 아예 싸우지도 않았던 다른 애들보다 더 나쁜 놈이 되는 거야. 이해했니?"

나는 고개를 끄덕였지만 할 말이 없었다. 그의 말이 따분해지기 시작했고, 그가 대놓고 자신의 어려움과 절망을 털어놓는데도 내가 깊이 공감하지 않는 것에 나 스스로도 깜짝 놀랐다.

결국 그는 진이 빠져 슬픈 목소리로 물었다. "그러니까 너는 전혀 모르는 거야? 전혀? 방법이 있을 거 아냐. 넌 어떻게 하는데?"

"해줄 말이 없어. 크나우어. 이런 문제는 서로

도와줄 수가 없거든. 나도 아무한테도 도움을 받은 적이 없어. 정신을 바짝 차리고 정말 너의 본성에서 나오는 것을 해야 해. 다른 방법은 없어. 자신을 못 찾으면 귀신도 찾을 수 없는 거야. 난 그렇게 생각해."

그 키 작은 녀석은 실망해서 말을 잃고 나를 쳐다보았다. 갑작스럽게 그의 눈길에서 증오의 불꽃이 타올랐고 그가 인상을 쓰며 화가 나서 소리 질렀다. "아하, 너는 고귀하신 성인이시지! 너도 나쁜 짓 하잖아. 나는 알아. 현자처럼 굴면서 남들 안 보는 데서는 나나 모두하고 똑같은 오물에 매달리잖아. 넌 돼지야. 돼지. 나도 돼지고, 우리 다 돼지야!"

나는 그를 내버려두고 걸었다. 그가 두세 걸음 따라오다가 멈추더니 돌아서서 달려가 버렸다. 그가 불쌍하기도 하고 혐오스럽기도 해서 기분이 좋지 않았다. 집으로 돌아와 내 작은 방에서 내 그림 몇 점을 주위로 빙 둘러 펼쳐놓고 간절한 마음으로 나 자신의 꿈에 빠져들어서야 겨우 그 기분에서 벗어날 수 있었다. 나의 꿈이 금방 돌아왔다. 집 대문과 문장, 어머니와 처음 본 여자의 꿈이 돌아왔다. 그 여자의 얼굴이 너무도 또렷하여 나는 그날 저녁에 당장 그녀의 그림을 그리기 시작했다.

며칠 후 그림이 완성되고 15분 동안 꿈같은 무의식 속에서 칠이 끝났다. 나는 저녁에 벽에다 그림을 건 다음 탁상용 등을 그 앞으로 밀어놓고 결판이 날 때까지 싸워야 하는 정령인 양 그 앞에 섰다. 전의 것과 비슷했고, 내 친구 데미안과도 비슷했으며 몇 군데는 나하고도 비슷한 얼굴이었다. 한쪽 눈이 다른 쪽보다 월등히 높았고, 운명으로 가득 찬 시선은 나를 지나 어딘가를 뚫어져라 응시했다.

나는 그 앞에 서 있었고, 워낙 긴장한 탓에 가슴 속까지 한기가 들었다. 나는 그림에게 묻고 그림을 비난했으며 그림을 애무했고 그림에게

기도를 올렸다. 나는 그것을 어머니라 불렀고 애인이라 불렀으며 창녀이며 매춘부라고 불렀고 아브락사스라고 불렀다. 중간중간 피스토리우스 — 데미안인가? — 의 말이 떠올랐다. 언제 들었는지는 기억나지 않았으나 다시 들리는 것 같았다. 그것은 신의 천사와 야곱의 씨름, 그리고 "저에게 축복해주시지 않으면 놓아드리지 않겠습니다"라는 것에 관한 말이었다.

등불에 비친 그림 속 얼굴은 간청할 때마다 달라졌다. 밝고 환했다가 검고 어두웠고, 생기를 잃은 눈동자 위로 힘없는 눈꺼풀이 닫혔다가 다시 열렸으며, 이글이글 타는 눈빛이 번쩍였다. 여자였고 남자였고 소녀였다가 작은 아이가 되고 짐승이 되었으며 흐려져 얼룩이 되었다가 다시 또렷하게 커졌다. 결국 나는 강렬한 내면의 부름에 따라 눈을 감았고, 그러자 이제 그 이미지가 내 안에서 더 강렬해지고 커졌다. 나는 그 앞에 무릎 꿇고 싶었지만, 그림이 내 안 깊숙히

들어와 온전히 나 자신이 되어버린 듯 더는 떨쳐
버릴 수가 없었다.

그 순간 봄의 폭풍처럼 어둡고 거센 바람 소리
가 들렸고, 나는 말할 수 없이 새로운 체험에서
오는 두려움에 몸을 떨었다. 눈앞에서 별이 번쩍
이다 사그라들었고 까마득한 첫 유년 시절까지,
아니 태어나기 전, 생성 초기의 태아 시절에 이
르기까지 기억이 돌아와서 나를 밀치며 흘러 지
나갔다. 하지만 가장 은밀한 기억에 이르기까지
내 평생을 되풀이하는 것 같던 기억은 어제, 오
늘에서 그치지 않았다. 계속 나아가며 미래를 비
추었고 나를 오늘에서 떼어내어 새로운 삶의 형
태 속으로 밀어 넣었다. 그 삶의 이미지들이 너
무나도 밝아 눈이 부셨지만, 나중에는 하나도 제
대로 기억나지 않았다.

나는 한밤중에 깊은 잠에서 깨어났다. 옷을 입
은 채로 침대를 가로질러 누워 있었다. 불을 켜
자 중요한 고민을 해야 할 것 같은 기분이 들었

는데, 정작 몇 시간 전의 일은 기억나지 않았다. 그래도 불을 켜자 차츰 기억이 돌아왔다. 나는 그림을 찾았다. 벽에 걸려 있지도 탁자에 놓여 있지도 않았다. 그 순간 어슴푸레 내가 그것을 태워버렸다는 생각이 들었다. 아니면 꿈이었을까? 꿈에 내가 그림을 손바닥에 놓고 태워서 그 재를 먹었던가?

엄청난 불안이 펄떡이며 나를 몰아댔다. 나는 모자를 쓰고 누가 강요하기라도 하는 듯 집과 골목을 지나 폭풍에 씻긴 거리와 광장을 걸었다. 내 친구의 컴컴한 교회 앞에서 귀를 기울이다가 정체 모를 충동에 떠밀려 뭔지도 모를 것을 찾고 또 찾았다. 사창가가 있는 시 외곽을 지나자니 여기저기에 아직 불이 훤했다. 더 외곽으로 걸어가자 공사 중인 건물들과 쌓아놓은 기와 더미가 나타났는데, 일부는 더러운 눈에 덮여 있었다. 몽유병 환자처럼 알 수 없는 압박감에 눌려 이 황량한 곳을 떠돌다 보니 고향의 그 공사장이 생각났다. 나를 괴롭히던 크로머가 그곳으로 나를 끌고 가서 처음으로 담판을 지었지. 이곳에도 비슷한 건물이 잿빛 어둠에 묻혀 내 앞에 버티고 서서는 검은 문구멍으로 하품을 하며 나를 노려보았다. 그 구멍이 나를 끌어들였고 나는 피하려다 모래와 쓰레기에 걸려 비틀거렸다. 충동의 힘이 더 셌다. 나는 그 안으로 들어갈 수밖에 없었다.

판자와 부서진 벽돌을 넘어 나는 황량한 그곳으로 비틀거리며 들어갔다. 습한 추위와 돌 냄새가 희미하게 풍겼다. 모래 더미가 쌓여 있었고. 한쪽이 약간 환했는데, 그것 말고는 칠흑 같은 어둠이었다.

순간 당황한 목소리가 나를 불렀다. "아니 이게 무슨. 싱클레어. 너 어디서 왔어?"

깜깜한 내 옆에서 사람 하나가 벌떡 일어났다. 유령처럼 작고 마른 체구였다. 머리카락이 쭈뼛 섰지만, 그 와중에도 나는 학교 친구 크나우어를 알아보았다.

246

"어디서 온 거야?" 흥분으로 제정신이 아닌 듯 그가 또 물었다. "날 어떻게 찾아낸 거야?"

나는 무슨 말인지 알아들을 수가 없었다.

"너를 찾아온 게 아냐." 나는 당황해서 말했다. 입술이 얼어붙은 듯 무감각하고 무거웠다. 나는 애를 써서 힘겹게 단어 하나하나를 뱉어냈다.

그가 나를 노려보았다.

"나를 찾아온 게 아니라고?"

"그래. 뭐가 나를 이리로 끌고 왔어. 네가 나를 불렀어? 분명히 네가 나를 불렀던 거지. 근데 여기서 뭐 해? 지금 한밤중이야."

그가 가느다란 팔로 나를 와락 끌어안았다.

"맞아. 한밤중이야. 금방 날이 밝을 거야. 아, 싱클레어. 나를 잊지 않았구나. 날 용서해줄 수 있어?"

"뭐 때문에?"

"아, 나는 너무 추악해."

그제야 나는 우리의 대화가 기억났다. 나흘

전, 닷새 전이었나? 느낌으로는 한평생이 흐른 것 같았다. 문득 모든 것이 선명해졌다. 우리 사이에 있었던 일뿐 아니라 내가 왜 이곳에 왔으며 크나우어가 이 외진 곳에서 뭘 하려고 했는지도 깨달았다.

"그러니까 너 죽으려고 한 거야? 크나우어?"

그가 추위와 공포로 몸을 떨었다.

"맞아. 그러려고 했어. 그런데 내가 할 수 있을지 모르겠더라고. 그래서 날이 밝을 때까지 기다리려고 했어."

나는 그를 밖으로 끌고 나왔다. 하늘을 가로지른 새벽의 첫 빛줄기가 말할 수 없이 차갑고 냉정하게 잿빛 대기에서 반짝였다.

나는 한동안 그의 팔을 붙잡아 끌었다. 그리고는 말했다. "이제 집에 가. 아무한테도 말하지 말고. 너는 길을 잘못 들었어. 길이 틀렸어. 네 생각과 달리 우리는 돼지가 아니야. 우리는 인간이야. 우리는 신을 만들어 신과 씨름하지. 그러면 신이 우리를 축복하는 거야."

우리는 말없이 조금 더 걷다가 헤어졌다. 집에
오니 날이 훤했다.

성○○시에서 살던 시절이 내게 선사한 최
고의 선물은 오르간이나 벽난로 앞에서 피스토
리우스와 보낸 시간이었다. 우리는 아브락사스
에 관한 그리스어 글을 함께 읽었고, 그는 내게
베다 경의 번역본 구절을 읽어주었으며 신성한
'옴' 소리의 활용법을 가르쳐주었다. 그랬어도
내면의 나를 키운 것은 그런 지식이 아니었다.
그 반대였다. 나의 내면이 앞으로 나아갈 길을
찾고, 나 자신의 꿈과 생각, 예감을 더욱 신뢰하
며 내 안에 담긴 힘을 더욱 깨닫게 된 것, 나는 그
것이 좋았다.

파스토리우스와는 어떤 방식으로도 서로를
이해했다. 그냥 그를 열심히 생각하기만 하면 그
뿐이었다. 그러면 그가 오거나 안부 인사가 당도
했다. 데미안에게 그랬듯 나는 그가 곁에 없어도

그에게 온갖 질문을 던졌다. 그냥 힘껏 그를 상상하고 그를 향해 나의 질문을 강렬하게 생각하기만 하면 충분했다. 그럼 질문에 쏟아부은 나의 모든 영혼의 힘이 대답이 되어 돌아왔다. 다만 내가 상상한 것이 피스토리우스라는 사람은 아니었다. 막스 데미안이라는 사람도 아니었다. 내가 꿈에서 보고 그린 그림 속 인물이었다. 남자이자 여자인 꿈속 인물, 내게 오라며 불러내야 했던 내 악마. 이제 그것은 나의 꿈속에만 살지 않았다. 내가 그린 그림의 종이 위에서만 살지 않았다. 그것은 내 소망의 이미지, 확대된 나 자신이 되어 내 안에서 살았다.

자살에 실패한 크나우어와 나의 관계는 독특했고, 가끔은 우스꽝스러웠다. 나를 그에게로 보냈던 그 밤부터 그는 충직한 시종이나 강아지처럼 내게 집착했고 자기 인생을 내 인생과 연결지으려 애썼으며 나를 맹목적으로 추종했다. 정말이지 놀라운 질문과 소망을 들고 그는 나를 찾아왔고 귀신을 보고 싶어했으며 카발라[1]를 배우겠다고 했고, 내가 그딴 것 모른다고 아무리 말해도 도무지 내 말을 믿지 않았다. 그는 내게 온갖 힘이 있다고 굳게 믿었다. 하지만 그가 놀라우면서도 한심한 질문을 들고 나를 찾아올 때마다 내 안에서 어떤 매듭이 풀어졌다. 그의 변덕스러운 아이디어와 관심사가 자주 내게 해결의 화두이자 실마리가 되었으니, 참 이상했다. 그가 귀찮아서 버럭 쫓아버릴 때도 많았지만 나는 그 역시 나에게 보내진 사람이며, 내가 그에게 준 것이 두 배가 되어 그에게서 나와 내게로 돌아온다는 느낌이 들었다. 그 역시 나의 길잡이였고 길이었다. 그가 구원을 찾으며 읽다가 내게 가져온 멋진 책과 글들은 그 순간 내가 깨달은 것 이상으로 많은 가르침을 주었다.

이 크나우어는 나중에 나도 모르는 사이에 내

---

1 유대교의 신비주의 사상.

길에서 떠나버렸다. 그와는 굳이 다툴 필요도 없었다. 하지만 피스토리우스는 달랐다. 그 친구와는 성○○시에서 학교를 졸업할 무렵에 좀 특이한 일을 겪었다.

순진한 사람들도 살면서 한 번 혹은 몇 번쯤은 효도와 감사라는 숭고한 도덕과 갈등을 겪을 수밖에 없다. 모두가 한 번은 걸음을 내디뎌 아버지로부터, 선생님으로부터 멀어져야 하며, 혹독한 고독을 느껴보아야 한다. 그러나 대부분은 그걸 잘 못 견뎌서 금방 도로 그 밑으로 기어들어가고 만다. 우리 부모님과 그분들의 세상, 내 아름다운 어린 시절의 '환한' 세상과는 격렬한 싸움을 하지 않고도 잘 헤어졌다. 거의 눈치도 채지 못하는 사이에 서서히 그들에게서 멀어졌고, 그들과 달라졌다. 마음이 편치 않았고 고향 집에 가면 입맛이 쓸 때가 많았다. 그래도 그 작별이 심장까지 강타하지는 않았기에 참을 만했다.

그러나 습관 탓이 아니라 자신의 충동 탓에 사

랑과 경외를 바쳤던 곳, 우리가 진실한 마음으로 제자이자 친구가 되었던 곳, 그곳에서는 반드시 쓰디쓴 무서운 순간이 찾아온다. 우리를 이끌어가는 물결이 사랑하는 사람에게서 멀어지려 한다는 깨달음이 문득 밀려오는 그런 순간이 말이다. 그곳에서는 친구이자 스승을 거부하는 생각 하나하나가 독침을 달고서 자신의 심장을 찌르고, 거부의 칼날 하나하나가 자신의 얼굴을 후려갈긴다. 그곳에서는 자신의 도덕관이 타당하다 믿었던 사람의 머리에 '배신'과 '배은망덕' 같은 말들이 모욕적인 야유와 낙인처럼 떠오른다. 놀란 가슴은 불안에 떨며 어린 시절의 미덕이 숨 쉬는 아름다운 계곡으로 도로 달아나면서 이렇게 사이가 갈라지고 이렇게 끈이 끊어져야 한다는 사실을 도무지 믿지 못한다.

시간이 갈수록 내 안의 감정 하나가 서서히 반발했다. 내 친구 피스토리우스를 무조건 지도자로 인정하지는 않겠노라는 감정이었다. 내 학창 시절의 가장 중요한 몇 달 동안 나는 그와 우정을 맺었고 그의 충고와 위안을 받았으며 그와 가깝게 지냈다. 그를 통해 신이 내게 말을 걸었다. 그의 입을 통해 나의 꿈을 내게로 돌려보냈고 설명했으며 해석했다. 그는 나 자신에게로 돌아갈 용기를 내게 주었다. 아, 그런데 이제 서서히 그에 대한 반항심이 자라나고 있었고, 나는 그의 말에서 지나치게 가르치려 든다는 느낌을 받았으며, 그가 나의 일부만을 온전히 이해한 것에 불과하다고 느꼈다.

우리 사이에 다툼이 있었던 것은 아니다. 대단한 사건이 있었던 것도, 불화가 있었던 것도 아니다. 담판을 지은 것도 아니다. 그저 따지고 보면 별것 아닌 한마디를 그에게 던졌을 뿐이지만, 바로 그 순간 우리 사이에 있던 환상이 형형색색의 조각들로 박살이 났다.

한동안 나를 짓누르던 예감이 어느 일요일 그의 낡은 학자풍 방에서 또렷한 감정으로 변했다.

우리는 불 앞의 방바닥에 엎드려 있었고 그는 자신이 연구하고 고민하는 비밀 의식과 종교 형태에 관해 이야기하면서 그것의 가능한 미래를 궁리하였다. 하지만 나는 그 모든 것이 생사가 달린 중요한 일이라기보다는 그저 신기하고 재미난 이야기로만 들렸다. 너무 현학적으로 들렸고, 옛 세계의 파편을 뒤지며 피곤하게 찾아 헤매는 느낌이 들었다. 그러자 문득 그 모든 방식이, 그런 신화 숭배가, 전래의 종교 형식을 짜 맞추는 그런 모자이크 놀이가 싫어졌다.

"피스토리우스." 갑자기 내 입에서 말이 튀어나오는 바람에 나 자신도 깜짝 놀랐다. "꿈 이야기나 다시 한번 들려주시지요. 밤에 꾼 진짜 꿈 이야기요. 지금 하는 말들은 너무, 너무 고리타분해요."

그에게 한 번도 그런 식으로 말한 적이 없었다. 말을 뱉은 순간 번개처럼 수치심과 공포가 밀려들었다. 그리고 그를 겨냥하여 그의 심장에 꽂은

화살이 그의 무기고에서 꺼낸 것이었음을 나는 느꼈다. 그가 이따금 비아냥대는 말투로 던진 자책의 말들을 지금 내가 나쁜 마음을 품고 더 뾰족하게 갈아서 그에게로 도로 던진 것이다.

그도 순간적으로 그렇게 느꼈는지 곧바로 입을 다물었다. 나는 두근거리는 심장으로 그를 바라보았다. 그의 얼굴이 무서울 정도로 창백해졌다.

무겁고 긴 침묵을 깨고 그가 장작을 불로 던지며 조용히 말했다. "전적으로 옳은 말이에요. 싱클레어. 당신은 똑똑한 사람이니, 나는 이제 더는 그런 고리타분한 말들로 당신을 귀찮게 하지 않을게요."

그는 아주 차분하게 이야기했지만, 그의 말에서 상처받아 고통스러워하는 게 느껴졌다. 내가 무슨 짓을 했단 말인가!

눈물이 나려 했다. 나는 진심으로 그에게로 다가가 용서를 구하고 싶었다. 나의 사랑과 포근한 감사의 마음을 확인시켜 주고 싶었다. 감동적인 말들이 떠올랐다. 하지만 그 말을 꺼낼 수 없었다. 나는 그대로 엎드려 불을 바라보며 침묵하였다. 그도 말이 없어서 우리는 그렇게 엎드려 있었고, 불이 잦아들다가 꺼졌다. 불꽃 하나가 꺼질 때마다 아름답고 친밀한 것이 다 타서 날아가 버려 다시는 돌아올 수 없다고 느꼈다.

"제 말을 오해하시면 안 됩니다." 마침내 내가 입을 열었다. 잔뜩 주눅이 든 데다 메마르고 쉰 목소리였다. 신문 소설을 낭독하듯 의미도 없는 한심한 말들이 기계적으로 입술을 넘어왔다.

"잘 알아들었어요. 당신 말이 옳아요." 피스토리우스가 조용히 말했다. 그는 잠시 기다렸다가 다시 천천히 말을 이어나갔다. "한 사람이 상대에 비해 옳을 수도 있다는 것만큼 옳은 말이에요."

아니야. 그렇지 않아요. 내가 틀렸어요! 내 안에서 외침이 들렸다. 그러나 나는 아무 말도 할 수 없었다. 짤막한 단 한마디 말로 그의 중요한 약점을, 그의 고민과 상처를 건드렸다는 사실을 나는 잘 알았다. 그가 자신을 불신할 수밖에 없는 지점을 내가 건드린 것이다. 그의 이상은 '고리타분'했고 그는 거꾸로 찾아가는 구도자였으며 낭만주의자였다. 문득 마음 깊숙한 곳에서 어떤 느낌이 몰려왔다. 피스토리우스가 나에게 주었던 바로 그것을 그는 자신에게는 줄 수 없었고, 나에게 보였던 모습을 자신에게는 보일 수 없었던 것이다. 그는 길잡이인 자신마저도 뛰어넘어야 하고 버려야만 하는 그런 길로 나를 안내한 것이다.

세상에, 어쩌자고 그런 말을 했단 말인가. 나쁜 뜻은 전혀 없었고 재앙이 닥치리라는 예감도 들지 않았다. 나는 말하는 순간에도 내가 무슨 말을 하는지 몰랐던 그런 말을 뱉어냈고, 약간의 유머와 약간의 장난기가 깃든 별것 아닌 생각을 그대로 내뱉었는데 그것이 운명이 되어버렸다.

무심코했던 별것 아닌 나의 거친 언행이 그에게는 심판이 되어버렸다.

아, 그때 내가 얼마나 바랐는지 모른다. 그가 화를 내었으면, 그가 변명을 늘어놓았으면, 그가 내게 소리라도 질렀으면 얼마나 좋을까! 그는 아무것도 하지 않았기에, 그 모든 것을 내 자신이 마음 속으로 할 수밖에 없었다. 웃을 수 있었더라면 그는 아마 웃었을 것이다. 그가 웃을 수 없었다는 사실이 내가 그의 마음을 너무도 아프게 했다는 가장 확실한 증거였다.

피스토리우스는 나의 공격을, 주제넘고 고마운 줄 모르는 제자의 공격을 그렇게 말없이 받아들이고, 침묵으로 내가 옳았다고 인정하며 나의 말을 운명으로 수긍함으로써 내가 나를 증오하게 만들었고 내 언행의 경솔함을 수천 배 더 키웠다. 공격할 때 나는 충분히 방어할 수 있는 강자를 공격한다 생각했는데, 지금 그는 묵묵히 인내하는 사람이고, 말없이 항복하는 비무장 상태의 민간인이었다.

　우리는 한참 동안 꺼져가는 불 앞에 엎드려 있었다. 불 속에서 빛나는 형상 하나하나가, 구부러지는 막대 모양의 재 하나하나가 행복하고 아름답고 풍성했던 시간을 기억으로 불러왔고 피스토리우스에게 진 의무의 빚을 더 크디크게 쌓아 올렸다. 결국 나는 더 참지 못하고 일어나 밖으로 나왔다. 그의 방문 앞에 오래 서 있었고 어두운 계단에 오래 서 있었고, 집 밖으로 나와 집 앞에서도 오래도록 기다렸다. 혹시라도 그가 밖으로 나와 나를 쫓아오지 않을까 기다리면서. 그러다 걸음을 옮겼고 해가 질 때까지 몇 시간을 시내와 외곽과 공원과 숲을 배회했다. 그때 나는 처음으로 내 이마에 찍힌 카인의 표적을 느꼈다.

　아주 서서히 생각이 찾아왔다. 내 모든 생각은 나를 비난하고 피스토리우스를 지지하겠다는 목적이었다. 그러나 모조리 정반대로 끝났다. 수천 번도 더 나의 성급한 말을 후회하고 도로 주워 담고 싶었으나, 그 말은 사실이었다. 이제야 나는 피스토리우스를 이해할 수 있었고, 그의 모든 꿈을 내 앞에 세울 수 있었다. 그 꿈은 사제가 되겠다는, 새로운 종교를 선포하고 새로운 형식의 찬양과 사랑과 기도를 선사하며 새로운 상징을 만들겠다는 꿈이었다. 하지만 그의 힘으로 될 것이 아니었고, 그의 본분도 아니었다. 그는 기존의 세상에서 너무도 편안히 머물러 있었고 과거의 것을 너무도 정확히 알았으며 이집트와 인도, 미트라스, 아브락사스를 너무도 많이 알았다. 그의 사랑은 지구가 이미 보았던 형상들에 붙들려 있었다. 하지만 새로운 것은 새롭고 달라야 하며 새로운 땅에서 솟구쳐야 하기에 박물관과 도서관에서 길어내어서는 안 된다는 사실을 그는 마음속 가장 깊은 곳에서 스스로 알았다. 어쩌면 그의 본분은 내게 그랬듯 사람들을 그들 자신에게로 안내하는 것일지 모른다. 사람들에게 들도 보도 못한 것을 주는 일, 새로운 신들을 주는 일이 그의 본분은 아니었던 것이다.

  그리고 여기에서 문득 깨달음이 맹렬한 불꽃처럼 타올랐다. 누구에게나 '본분'이 있지만, 누구도 자기 본분을 스스로 선택하고 정하고 제 마음대로 떠맡아서는 안 된다. 새로운 신들을 바란 것은 잘못이었다. 세상에 무언가를 주려는 것은 큰 잘못이었다. 깨어난 인간의 의무는 단 하나이다. 자기 자신을 찾고 단단해지며 어디로 향하건 자신의 길을 더듬어 나아가는 것이다. 그것이 나를 깊이 뒤흔들었고, 그것이 이 체험의 열매였다. 나는 자주 미래의 형상들과 놀았고, 시인이건 목사건, 화가건 그 무엇이건, 나를 위해 준비해놓았을 역할을 꿈꾸었다. 그 모두가 아무것도 아니었다. 나는 시를 짓자고, 설교를 하자고, 그림을 그리자고 여기 존재하지 않았다. 나도, 다른 그 누구도 그러자고 존재하는 것이 아니었다. 그 모든 것은 그저 부수적으로 낳은 결과였다. 모든 이의 진정한 책무는 단 하나이다. 자기 자신에게로 가는 것. 시인으로, 미치광이로, 예언가로, 범죄자로 삶을 마칠 수도 있다. 그러나 그건 그의 문제가 아니었다. 그건 결국 중요하지 않았다. 그의 문제는 아무나의 운명이 아니라 자신의 운명을 찾는 것이며, 그것을 온전히, 중단하지 않고 다 살아내는 것이다. 다른 건 전부 반쪽이고 빠져나갈 궁리였으며, 대중의 이상으로 달아나는 도피 행각이며 순응이고 자신의 내면을 겁내는 두려움이었다. 새로운 이미지가 두렵고도 성스러운 모습으로 눈앞에서 솟구쳐 올랐다. 벌써 수백 번 예상했고 어쩌면 자주 입 밖으로 내뱉었을지 모르지만, 이제야 겨우 체험한 이미지였다. 나는 자연이 던진 돌이었다. 불확실 속으로 던진, 어쩌면 새로운 것에게로, 어쩌면 무(無)에게로 던진 돌이었다. 그리고 태고의 깊이에서 던진 이 돌이 효력을 발휘하고 그 의지를 내 안에서 느끼며 그것을 온전히 나의 의지로 만드는 것, 그것만이 나의 직분이었다. 오직 그것만이!

　나는 이미 많은 고독을 맛보았다. 이제 더 깊은 고독이 있음을, 그 고독은 벗어날 수 없는 것임을 예감하였다.

　피스토리우스와는 화해하려 애쓰지 않았다. 우리는 변함없이 친구였지만 관계는 달라졌다. 딱 한 번 그 이야기를 나누었는데, 사실 이야기를 꺼낸 쪽은 그 혼자였다. 그가 말했다. "당신도 알다시피 나는 사제가 되고 싶어요. 우리가 많이 아는 새 종교의 사제가 된다면 제일 좋겠지요. 하지만 절대 그럴 수 없을 겁니다. 그건 나도 아는 사실이고요. 완전히 인정하지는 않았지만, 오래전부터 알고 있었죠. 나는 사제로서 다르게 일할 겁니다. 오르간을 연주한다거나 그 밖의 다른 일을 하겠죠. 하지만 내가 아름답고 신성하다고 느끼는 것, 오르간 음악과 비밀 의식, 상징과 신화에 항상 에워싸여 있어야 합니다. 나는 그것이 필요해서 놓치고 싶지 않아요. 그게 나의 약점입니다. 나도 가끔은 알거든요. 싱클레어, 나도 가끔은 내가 그런 소망을 품어서는 안 된다는 사실을 깨닫습니다. 그런 소망이 사치요 약점이라는 것을요. 아무것도 요구하지 않고 그냥 온전히 나를 운명에 맡기는 편이 더 위대하고 더 옳을지 모릅니다. 하지만 난 그럴 수 없어요. 유일하게 내가 못하는 일이지요. 아마 당신은 언젠가 해낼 수 있을 겁니다. 어렵거든요. 유일하게 정말로 힘든 일이지요. 자주 그런 꿈을 꾸었지만 나는 할 수 없어요. 그 생각만 하면 소름이 돋습니다. 나는 완전히 발가벗고 홀로 서 있을 수 없으니까요. 나도 불쌍하고 힘없는 개와 같습니다. 조금의 온기와 먹이가 필요하고 가끔은 자기 같은 친구가 곁에 있기를 바랍니다. 하지만 운명 말고는 그 무엇도 원치 않는 자에게는 자기 같은 친구가 없습니다. 그런 사람은 추운 우주 공간에 오직 혼자뿐이지요. 겟세마네 동산의 예수가 그런 사람입니다. 물론 흔쾌히 십자가에 못 박힌 순교자들은 있었지만, 그들 역시 영웅은 아니었습니다. 그들 역시 해방되지 못했고 그들도 좋아하고 위안이 되는 것을 바랐습니다. 그들에게도 모범이, 이상이 있었지요. 운명만을 바라는 사람은 모범도 이상도 없습니다. 좋아하는 것도, 위안이 되는 것도 없어요. 사실상 그런 길을 가야 하는 겁니다. 나와 당신 같은 사람은 정말 외롭지만 그래도 우리에게는 서로가 있어요. 남들과 다르며 저항하고 있다는, 평범하지 않은 것을 바란다는 남모를 만족이 있지요. 온전히 그 길을 가려 한다면 그것마저도 버려야 합니다. 혁명가가 되려 해서도, 모범이 되려 해서도, 순교자가 되려 해서도 안 됩니다. 그게 생각으로 되는 일은 아니고……"

그렇다. 생각으로 되는 일은 아니었다. 하지만 꿈을 꾸거나 예감할 수는 있었다. 짐작할 수는 있었다. 실제로 나는 정말로 고요한 순간에 몇 번인가 살짝 느꼈다. 그럴 때 내 마음을 들여다보았고, 부릅뜨고서 한 곳을 노려보는 내 운명의 눈동자를 보았다. 그 눈동자에 지혜가 가득했을 수도, 광기가 어렸을 수도 있고, 사랑이나 심술궂은 장난기가 번득였을 수도 있으나 상관없었다. 우리는 그 무엇도 선택해서는 안 되고, 그 무엇도 바라서는 안 된다. 자신밖에는, 자신의 운명밖에는 바라서는 안 된다. 피스토리우스는 길잡이가 되어 그곳으로 가는 한 구간을 인도하였다.

그 시절 나는 앞이 보이지 않는 이처럼 헤매었다. 내 마음에 폭풍이 휘몰아쳤고, 걸음걸음에 위험이 따랐다. 까마득한 어둠 말고는 아무것도 보이지 않았다. 지금까지 걸어온 모든 길이 그 어둠으로 들어가 가라앉아버렸다. 나는 내 마음속에서 데미안을 닮은 길잡이의 모습을 보았다. 그의 눈동자에 나의 운명이 서려 있었다.

나는 종이에 적었다. "길잡이가 나를 떠났어. 나는 깜깜한 어둠 속에 서 있어. 혼자서는 한 걸음도 내디딜 수 없어. 도와줘!"

그 편지를 데미안에게 부치고 싶었다. 그러나 부치지 않았다. 부치려고 할 때마다 어리석고 무의미하다는 생각이 들었다. 하지만 자주 마음속으로 되뇌이는 짧은 기도문이 있었다. 그 기도문이 늘 나와 함께했다. 그 기도가 무엇인지, 나는 예감하기 시작했다.

학창 시절이 끝났다. 방학 동안 아버지가 정해주신 대로 여행을 다녀온 후에 대학에 가기로 정해졌다. 무슨 학과로 갈지는 아직 몰랐다. 한 학기 동안 철학 수업을 들어도 된다는 허락을 받았다. 사실 어떤 학과였어도 만족했을 것이다.

7장
—
에바 부인

방학 중에 막스 데미안이 몇 년 전에 그의 어머
니랑 살던 집에 가보았다. 한 노부인이 정원에서
산책을 하고 있길래 말을 걸었더니 그 집이 자기
소유라고 했다. 나는 데미안 가족에 대해 물었
다. 노부인은 그들을 똑똑히 기억하고 있었지만
지금 어디에 사는지는 몰랐다. 그러나 내가 관심
있어 하는 것을 느꼈는지 나를 집으로 데리고 들
어가서 가죽 앨범을 찾아내더니 데미안 어머니
의 사진을 한 장 보여주었다. 나는 그녀를 거의
기억할 수 없었지만, 그 작은 사진을 보는 순간

심장이 멎는 것 같았다. 꿈에서 본 그 얼굴이었다. 바로 그녀였다. 키가 크고 거의 남자 같은 여자의 몸매, 자기 아들을 닮았으나 모성애가 서린 얼굴, 엄하면서도 깊은 열정이 담긴 표정이었다. 아름답고 매력적이지만 감히 다가갈 수 없는 사람, 악마이자 어머니, 운명이자 애인이었다. 바로 그녀였다!

그렇게 꿈속의 여인이 지상에 살고 있다는 사실을 알게 된 순간, 그 사실이 터무니없는 기적처럼 내 몸을 뚫고 지나갔다. 그렇게 생긴 여인이, 내 운명의 얼굴을 한 여인이 존재하였다. 그녀는 어디에 있을까? 어디에? 그녀가 데미안의 어머니라니!

그 직후 나는 여행길에 올랐다. 이상한 여행이었다. 나는 생각나는 대로 정처 없이 이곳저곳을 떠돌며 늘 그 여인을 찾아다녔다. 그녀를 떠올리게 하고 그녀를 연상시키며 그녀를 닮은 얼굴들만 만나는 날들이 있었다. 혼란스러운 꿈속처럼 골목으로, 이름 모를 도시로, 역으로, 기차로 나를 유혹하는 얼굴들 말이다. 그러다가 나의 노력이 다 헛수고라는 사실을 깨닫는 날들도 있었다. 그럴 때면 아무 공원이나 호텔 정원, 대합실에 하릴없이 앉아서 내 마음을 들여다보았다. 내 안의 그 모습을 생생하게 살려내려 애썼다. 하지만 이제 그 모습은 의기소침했고 흐릿해져버렸다. 잠을 잘 수가 없었다. 낯선 고장을 지나는 기차 안에서 잠깐씩 졸곤 했다. 한 번은 취리히에서 한 여자가 나를 쫓아왔다. 예쁘장했지만 좀 뻔뻔스러운 여자였다. 나는 그녀를 공기 취급하며 쳐다보지도 않고 걸음을 재촉했다. 다른 여자에게 단 한 시간이라도 관심을 쏟느니 차라리 당장 죽는 편이 나았다.

나의 운명이 나를 끌어당기고 있다는 게 느껴졌다. 운명이 이루어질 날이 가까웠다고 느꼈다. 이를 위해 내가 할 수 있는 것이 없다는 초조감에 나는 미칠 것 같았다. 한번은 어떤 역이었는데, 인스브루크였던 것 같다. 방금 출발한 기차의 창문에서 그녀를 닮은 사람을 보고는 며칠 동안 우울했다. 갑자기 그 모습이 다시 밤에 꿈에 나타났다. 나의 노력이 무의미하다는 느낌에 수치심과 슬픔에 젖어 잠에서 깨었고, 곧바로 집으로 돌아왔다.

몇 주 후 H대학에 등록했다. 모든 것이 실망스러웠다. 내가 들은 철학사 수업도, 학생들의 행동도 공허했고 공장에서 찍어낸 듯 천편일률적이었다. 모든 것이 판에 박은 듯 똑같았다. 이 사람이나 저 사람이나 다를 것이 없었고, 어린아이 티를 못 벗은 붉게 상기된 얼굴들에 어려 있는 신바람도, 우울할 정도로 공허하고 한결같았다. 그러나 나는 자유로웠다. 온종일을 나를 위해 쓰면서 교외의 낡은 집에서 조용히 멋지게 살았다. 내 책상에는 니체의 책 몇 권이 놓여 있었다. 나는 니체와 함께 살았고 니체의 영혼에 담긴 고독을 느꼈으며 그를 쉬지 않고 몰아대던 운명을 감지하였다. 그와 함께 아팠으며 그렇게 강경하게 제 길을 걸어간 사람이 있었다는 사실에 행복했다.

하루는 저녁 늦게 가을바람을 맞으며 시내를 걸어 다녔다. 술집마다 대학생 떼거리가 부르는 노래가 들렸다. 열어젖힌 창문으로 자욱한 담배 연기가 흘러나왔다. 쏟아져 나오는 노래는 우렁차고 군기가 딱 잡혀 있었지만, 왠지 맥이 없었고 활기차지 않았으며 획일적이었다.

나는 길모퉁이에 서서 노랫소리를 들었다. 두 군데 술집에서 훈련으로 정확히 익힌 젊음의 신바람이 어두운 밤거리로 쏟아져 나왔다. 어디에서나 떼 지어 모여 있었고 어디를 보나 죽치고 앉아 있었다. 어디를 보나 운명을 내려놓고 따뜻한 무리한테로 도망치고 있었다.

내 뒤편에서 두 남자가 천천히 걸어오더니 나를 지나쳐 갔다. 내 귀로 대화의 한 조각이 들려왔다.

"이거야 원, 흑인 마을 청년 집회소하고 똑같지 않아요?" 한쪽이 말했다. "전부 똑같아요. 심지어 문신도 유행이라던데. 봐요. 이게 젊은 유럽이라네요."

경고처럼 들리는 그 목소리가 무척 귀에 익었다. 나는 어두운 골목으로 두 사람을 따라갔다. 한쪽은 일본인이었다. 키가 작고 우아했다. 가로등 불빛을 받아 미소 짓는 그의 누르스름한 얼굴이 환히 빛났다.

다른 쪽이 다시 말을 했다.

"당신네 일본도 더 낫지는 않을 겁니다. 떼거리를 쫓지 않는 사람을 찾기가 힘들어요. 여기도 떼거리네요."

한마디 한마디가 신나는 충격이 되어 내 몸을 관통하였다. 나는 저 사람을 안다. 데미안이었다.

바람 부는 밤에 나는 그와 일본인을 따라 어두운 골목을 걸었고 그들의 대화를 엿들었으며 데미안의 목소리를 음미하였다. 예전의 음색을 그

대로 갖고 있었다. 오래된 멋진 안정감과 차분함을 담고 있어서 과거의 힘을 내게로 뻗쳤다. 이제 만사 해결이었다.

　교외의 거리가 끝나는 지점에서 일본인이 작별 인사를 건네고 대문을 열었다. 데미안은 길을 돌아 나왔다. 나는 걸음을 멈추고 길 한가운데서서 그를 기다렸다. 두근거리는 심장을 부여안고 나를 향해 걸어오는 그를 보았다. 똑바른 자세로 경쾌하게 걷는 그는 갈색 레인코트를 입고 얇은 지팡이를 팔에 걸었다. 그는 규칙적인 걸음을 흐트러뜨리지 않은 채로 내 코앞까지 와서 모자를 벗었다. 단호한 입술, 특유의 흰하게 넓은 이마가 돋보이는 예의 그 밝은 얼굴이 드러났다.

　"데미안!" 내가 소리쳤다.

　그가 손을 내밀었다.

　"너구나, 싱클레어. 널 기다렸지."

　"내가 여기 온 걸 알았어?"

　"알았던 건 아니지만, 꼭 그러기를 바랐지. 오

늘 저녁에야 널 봤어. 내내 우리를 따라왔잖아."

"보자마자 날 알아봤다고?"

"당연하지, 변하긴 했어도 표식이 있잖아."

"표식? 무슨 표식?"

"기억 안 나? 예전에 우리는 카인의 표식이라고 불렀지. 그게 우리의 표식이야. 넌 늘 그 표식이 있었고 그래서 내가 네 친구가 되었잖아. 지금은 더 또렷해졌는걸."

"난 몰랐어. 하긴 알았겠지. 데미안, 네 그림을 그렸는데 나하고도 닮아서 깜짝 놀랐어. 그게 그 표식이었을까?"

"바로 그거야. 네가 여기 와서 좋아. 어머니도 좋아하실 거야."

나는 깜짝 놀랐다.

"어머니? 어머니도 여기 계셔? 어머니는 날 모르시잖아."

"아. 알지. 어머니는 네가 누군지 내가 말 안 해도 딱 보면 알아보실걸. 그런데 참 오랜만이구나."

"아. 편지를 쓰려고 했는데 잘 안 됐어. 얼마 전부터 널 찾아야 한다는 느낌이 들어서 매일 기다렸지."

그가 내 팔짱을 끼고는 함께 걸었다. 평온이 그에게서 흘러나와 내게로 들어왔다. 우리는 예전처럼 수다를 떨었다. 학창 시절을, 견진성사 수업 시간을 떠올렸고 그 방학 때 잠깐의 편치 않은 만남도 떠올렸다. 다만 우리를 가장 긴밀하게 하나로 묶어주었던 처음의 사건, 프란츠 크로머 사건에 관해서는 지금도 입을 다물었다.

어쩌다 보니 이상하고 불길한 대화에 빠져들었다. 데미안이 그 일본인과 나누던 대화와 비슷하게 우리는 대학 생활에 대해 떠들었고, 그러다 전혀 동떨어진 것 같은 다른 이야기로 옮겨갔다. 하지만 데미안의 입에 오르자 그 둘은 하나로 묶여 밀접한 관계가 되었다.

그는 유럽의 정신과 이 시대의 특징을 이야기했다. 사방에서 서로 뭉쳐 떼거리 짓지만, 자유와 사랑은 어디에도 없다고 말이다. 대학생 단체와 노래 모임에서부터 국가에 이르기까지 이 모든 공동체는 어쩔 수 없어서 뭉친 집단, 불안해서, 겁이 나서, 당황해서 뭉친 이익단체이기에 내부는 썩었고 낡았으며 무너지기 직전이라고 말이다.

데미안은 말했다. "공동체는 멋진 것이지. 하지만 지금 사방에서 우후죽순 생겨나는 것들은 공동체가 아니야. 공동체는 개인이 서로를 알아가면서 새롭게 탄생할 것이고 한동안 세상을 바꾸어놓을 거야. 지금 공동체라는 것은 떼거리 짓기에 불과해. 서로가 무서워서 서로에게로 도망을 치는 거지. 신사들은 신사들끼리, 노동자들은 노동자들끼리, 학자들은 학자들끼리! 왜 무서워할까? 자신과 하나가 아닐 때만 무서움을 느끼는 거야. 한 번도 자신을 믿은 적이 없으니까 무서운 거지. 자기 안의 모르는 것이 무서운 사람들끼리 뭉친 공동체! 그들 모두는 느끼고 있어.

자신들의 인생 법칙이 더는 통하지 않는다는 것을, 자신들이 낡은 법전에 맞추어 살고 있다는 것을, 자신들의 종교도 도덕도, 그 무엇도 우리의 필요에 맞지 않는다는 것을. 백 년, 아니 그보다 더 많은 세월 동안 유럽은 연구만 하고 공장만 지어댔지! 인간을 죽이려면 몇 그램의 가루가 필요한지 정확히 알면서 신께 어떻게 기도드릴지는 몰라. 한 시간 동안 재미있게 지낼 방법도 모르고. 대학가 술집을 한 번 봐. 아니면 부자들이 가는 유흥업소는 어때! 희망이 없어! 싱클레어. 그런 곳에서는 즐거운 일이 있을 수가 없어. 겁이 나서 뭉치는 이런 사람들은 불안에 떨고 나쁜 마음이 넘쳐나서 다른 사람을 믿지 못해. 더는 존재하지 않는 이상에 집착하고 새로운 이상을 세우는 자에게 돌을 던지지. 갈등이 있을 거야. 갈등이 생길 것 같아. 얼마 안 가서 갈등이 불거질 거야. 물론 그렇다고 해서 세상이 '개선'되지는 않을 거야. 노동자들이 자본가를 때려죽여도, 러시아나 독일이 서로 총질을 해대도 주인만 바뀔 뿐이야. 물론 아주 헛되지는 않겠지. 오늘의 이상이 얼마나 무가치한지 밝혀질 테니까. 석기시대의 신들이 싹 없어질 거야. 지금의 세상은 죽을 거야. 망할 거야. 그렇게 될 거라고."

"그럼 우리는 어떻게 되는 거야?" 내가 물었다.

"우리? 아, 어쩌면 같이 망할 테지. 우리 같은 사람도 맞아 죽을 수 있어. 다만 그래도 우리를 싹 다 없애버리지는 못할 거야. 우리에게서 남은 것, 혹은 우리 중에서 살아남는 자들을 중심으로 미래의 의지가 모여들 거야. 우리의 유럽이 한동안 기술과 과학의 큰 장터를 여는 통에 파묻혀 보이지 않던 인류의 의지가 드러날 거야. 그럼 인류의 의지가 결코 그 어디에서도 지금의 이익 단체, 국가와 민족과 협회와 교회의 의지와 같지 않다는 사실도 드러나겠지. 자연이 인간에게 바라는 것은 개개인의 마음에, 너와 나의 마음에 적혀 있다는 사실 말이야. 예수가 그랬고 니체가 그랬어. 오늘의 이익 단체가 무너진다면 유일하게 중요한 — 물론 매일 모습이 바뀔 수 있는 — 이 물결이 출렁일 공간이 생길 거야."

우리는 한참 뒤 강가에 있는 어떤 뜰 앞에서 걸음을 멈추었다.

"우리 여기 살아. 조만간 놀러 와. 너를 무척 기다릴 거야."

나는 신이 나서 추워진 밤거리를 지나 먼길을 걸어 집으로 돌아왔다. 여기저기서 귀가하는 대학생들이 왁자지껄 떠들어대며 비틀비틀 도심을 지나고 있었다. 그들의 우스꽝스러운 활기와 나의 고독한 삶이 대비되어 나는 자주 결핍감을 느꼈고 어떨 땐 그들을 비웃기도 했다. 하지만 오늘처럼 편안한 마음으로 남모를 힘이 불끈 솟구치는 가운데 이것이 나랑 별 상관이 없고, 이 세상이 내게서 멀리 사라졌다고 느껴본 적은 처음이었다. 고향의 공직자들이 떠올랐다. 그 근엄한 늙은 신사들은 술집에서 허비한 대학 시절의 추억을 행복한 낙원의 기념품인 양 집착하고, 시인이나 다른 낭만주의자들이 어린 시절을 숭배하듯 사라진 대학 시절의 '자유'를 숭배했다. 어디나 똑같았다. 어디서나 그들은 지나온 시절 어딘가에서 '자유'와 '행복'을 찾았다. 그들의 책임을 물을까 봐, 그들의 길을 가라는 재촉을 받을까 봐 겁이 나기 때문이었다. 모두가 몇 년 동안 술을 퍼마시고 환호성을 질러댔고, 그리고 나면 도로 기어들어가 근엄한 공직자가 되었다. 그랬다. 썩었다. 우리가 사는 곳은 썩어버렸다. 그나마 이 대학생들의 어리석음은 수백의 다른 어리석음에 비하면 훨씬 덜 멍청하고 훨씬 덜 나빴다.

그러나 중심가를 벗어난 우리 집에 도착하여 침대에 들어가자 이 온갖 생각들이 다 사라졌고 나의 온 감각은 기대에 차서 오늘이 선사한 위대한 약속에 매달렸다. 내가 원하면 내일이라도 데미안의 어머니를 볼 수 있을 것이다. 대학생들이 술집에 발길을 끊고 얼굴에 문신을 하건 말건,

세상이 썩어서 곧 멸망하건 말건, 나랑 무슨 상관이란 말인가! 내가 기다리는 것은 단 하나, 나의 운명이 새로운 모습으로 나를 향해 걸어오는 것뿐이다.

아침 늦게까지 푹 잤다. 어린 시절의 크리스마스 파티 이후로 더는 경험하지 못했던 경사스러운 축제 날처럼 새날이 밝았다. 마음은 요동쳤지만 불안하지는 않았다. 나는 중요한 날이 밝았다고 느꼈고, 나를 에워싼 세상이 달라졌음을 보고 느꼈다. 주변 세상은 기대와 암시로 그득했고 엄숙했다. 소리 죽여 흐르는 가을비마저 아름답고 고요하였고 축제 날답게 진중하면서도 흥겨운 음악으로 가득하였다. 처음으로 바깥세상이 나의 내면과 온전히 하나가 되었다. 그다음은 영혼의 축제였고 그다음은 살아볼 만했다. 어떤 집도, 어떤 쇼윈도도, 골목에서 마주친 어떤 얼굴도 거슬리지 않았다. 모든 것이 그래야만 하는 그 모습이었고, 일상적이고 익숙한 것의 공허한 얼굴을 하지 않았다. 모든 것이 기다리는 자연이었고 공손하게 운명을 맞이하였다. 어린 소년이었을 때 큰 잔칫날 아침이면, 크리스마스와 부활절이면 세상이 그렇게 보였다. 세상이 그렇게 아름다울 수 있다는 것을 나는 아직 알지 못했다. 나는 내 마음으로 들어가는 삶에 길이 들어 버렸다. 저기 바깥을 느끼는 내 감각은 죽어버렸고, 유년기를 잃어버리면 어쩔 수 없이 반짝이는 색깔도 잃어버려야 하며, 영혼이 자유롭고 남자다우려면 대가로 그 사랑스러운 빛을 포기할 수밖에 없다고 받아들였다. 이제 나는 황홀한 심정으로 이 모든 것이 그저 파묻혀서 잘 보이지 않았을 뿐이었음을 깨달았다. 자유롭게 살아도, 어린 시절의 행복을 포기해도 빛나는 세상을 볼 수 있고 어린아이의 눈에 비친 그 진실한 떨림을 음미할 수 있다고 말이다.

　지난밤 막스 데미안과 헤어졌던 교외의 그 뜰을 다시 찾았다. 비에 젖어 칙칙한 키 큰 나무 뒤로 환하고 아늑한 작은 집 한 채가 숨어 있었다. 큰 유리벽 너머에는 키 큰 화초가 놓여 있었고, 잘 닦인 유리창 너머로 보이는 짙은 색 벽에는 그림과 책이 진열되어 있었다. 대문에서 곧바로 난방이 잘 된 작은 거실로 이어졌는데 말 없는 늙은 하녀가 검은 옷에 흰 앞치마를 두르고서 나를 안으로 안내하고 외투를 받아 주었다.

하녀는 나를 거실에 두고 나가버렸다. 이리저리 살펴보니 내 꿈의 한가운데로 들어온 것 같았다. 문 위, 짙은 색 나무 벽 위쪽에 걸린 그림이 눈에 익었다. 검은 테두리의 유리 액자에 넣은 그 그림은 땅을 뚫고 나오려는 나의 새, 황금빛 새매였다. 나는 감동하여 그 자리에 멈추어 섰다. 이 순간 나의 행동과 경험이 모조리 대답이자 성취가 되어 내게로 돌아온 것 같았다. 한없이 기쁘면서도 마음이 아팠다. 번개처럼 온갖 모습들이 내 영혼을 지나쳐 갔다. 대문 위에 낡은 돌 문장이 붙은 고향 집, 그 문장을 그리던 어린 데미안, 나의 적 크로머의 사악한 손아귀에 걸려 불안에 떠는 어린 나, 내 방의 조용한 책상에 앉아서 내 갈망의 새를 그리는 청소년 시절의 나, 자신의 실로 자은 그물망에 얽혀든 영혼…… 모든 것이, 지금 이 순간이 오기까지 모든 것이 내 안에서 다시 울려 퍼졌고, 인정과 화답과 허락을 받았다.

나는 촉촉이 젖은 눈으로 나의 그림을 가만히 쳐다보았고, 나 자신의 마음을 읽었다. 그러다 문득 시선이 아래로 향했다. 열린 문, 새 그림 아래에 짙은 색 옷을 입은 키 큰 여인이 서 있었던 것이다. 그녀였다. 나는 한마디도 할 수 없었다. 아들을 닮았으나 시간과 나이를 초월한 듯한 의지가 가득 담긴 얼굴이었다. 아름답고 기품 있는 여인이 나를 보고 다정하게 미소지었다. 그녀의 눈빛은 성취였고 그녀의 인사는 귀향을 의미했다. 나는 말없이 그녀에게 손을 내밀었다. 그녀는 힘차고 따스한 양손으로 내 두 손을 붙잡았다.

"싱클레어죠. 바로 알아봤어요. 반가워요."

그녀의 목소리는 깊고 따스했다. 나는 다디단 포도주를 마시듯 그 목소리를 들이켰다. 이제 나는 시선을 들어 고요한 그녀의 얼굴을 바라보았다. 깊이를 알 수 없는 검은 눈동자를, 파릇하고 성숙한 입을, 표식을 단 당당하고 훤한 이마를 보았다.

"얼마나 기쁜지 모르겠습니다." 나는 그녀에게 말하며 그 손에 입을 맞추었다. "평생 늘 길 위에 있었는데 이제야 집에 왔습니다."

그녀가 어머니처럼 따스한 미소를 지었다.

"집에는 절대 돌아오지 못하지요." 그녀가 다정하게 말했다. "그래도 친구가 된 길들이 만나는 곳에선 한 시간 정도 온 세상이 고향 같아 보인답니다."

그녀의 말은 내가 그녀에게로 오는 길에 느꼈던 감정과 같았다. 그녀의 목소리, 그녀의 말도 아들의 그것과 아주 비슷했지만, 또 전혀 다르기도 했다. 모든 것이 더 성숙하고 따스하며 더 자연스러웠다. 그러나 막스가 옛날에도 소년 같은 인상을 풍기지 않았듯 그의 어머니 역시 장성한 아들을 둔 어머니처럼 보이지 않았다. 너무 젊었고 얼굴과 머리카락 위로 풍기는 향기가 너무도 달콤하였으며, 아름다운 피부는 팽팽하여 주름살 하나 없었고, 입술은 생기가 넘쳐흘렀다. 내 꿈에서보다 더 당당한 자태로 그녀가 내 앞에 서 있었다. 곁에 있는 그녀는 사랑의 행복이요, 그녀의 눈빛은 성취였다.

그러니까 이것이 내 운명의 새로운 그림이었다. 나의 운명은 이제 더는 냉정하지 않았고 더는 나를 외롭게 만들지 않았다. 오히려 성숙하고 흥겨운 모습이었다. 나는 결심한 적이 없었다. 맹세한 적도 없었다. 그저 하나의 목표에 도달하였다. 그 높은 곳에서 길은 다시 이어져, 가까운 행복의 나무 우듬지에 가려 그늘이 지고, 온갖 쾌락의 가까운 뜰이 서늘하게 식혀준 약속의 땅

을 향해 멀리 찬란하게 뻗어 있었다. 어찌 되었
건 나는 행복했다. 이 여인을 이 세상에서 알게
되어, 그녀의 목소리를 들이마시고 곁에 있는 그
녀를 숨 쉴 수 있어 행복했다. 그녀가 내게 어머
니이건 애인이건 여신이건, 그녀만 있다면, 나의
길이 그녀의 길과 가깝기만 하다면!

　그녀는 위쪽에 걸린 나의 새매 그림을 가리
켰다.

　"이 그림만큼 우리 막스를 기쁘게 해준 것이
없었어요." 그녀가 생각에 잠겨 말했다. "나도 마
찬가지였고요. 우리는 당신을 기다렸어요. 그림
이 도착하자 당신이 우리에게 오고 있다는 것
을 알았죠. 싱클레어. 어릴 적에 우리 아들이 하
루는 학교에서 돌아와서 이런 말을 했죠. 이마
에 표식이 있는 아이가 하나 있다고. 내 친구가
될 거라고. 그 아이가 당신이었어요. 당신은 쉽
지 않았겠지만 우리는 당신을 믿었어요. 언젠가
당신이 방학을 맞아 집에 와서 다시 막스를 만났

죠. 열여섯 살 무렵이었어요. 막스가 이야기하기
를……"

나는 그녀의 말을 자르고 끼어들었다. "아, 막
스가 말을 했군요. 그때는 최악이었죠."

"그래요. 막스가 그랬어요. 지금 싱클레어가
제일 힘들 때라고. 그래서 또 이익단체로 도망치
려고 한다고. 심지어 술꾼이 되었더라고. 하지만
도망칠 수 없을 거라고. 표식이 가려져 있기는
하지만, 남몰래 그를 불태우고 있다고. 그렇지
않았나요?"

"아, 네, 그랬습니다. 정말 그랬죠. 그러다 베아
트리체를 만났고, 마침내 다시 길잡이가 왔죠. 이
름이 피스토리우스였어요. 그제야 나의 어린 시
절이 얼마나 막스한테 붙들려 있었는지 깨달았
습니다. 왜 내가 막스한테서 벗어날 수 없었는지.
어머니, 그때 저는 목숨을 끊어야겠다고 생각했
습니다. 누구나 그 길은 그렇게 힘든 걸까요?"

그녀가 공기처럼 가볍게 내 머리카락을 손으

로 쓰다듬었다.

"태어나는 건 늘 힘들어요. 당신도 알다시피 새는 알을 깨고 나오려 애쓰잖아요. 돌이켜 생각해보고 물어봐요. 그 길이 그렇게 힘들었나요? 힘들기만 했나요? 아름답지도 않았나요? 더 아름답고 수월한 길이 있었나요?"

나는 고개를 가로저었다.

그리고 잠결인 양 말했다. "힘들었습니다. 힘들었지요. 그러다 꿈이 왔지요."

그녀가 고개를 끄덕이며 나를 뚫을 듯 쳐다보았다.

"맞아요. 자기 꿈을 찾아야 해요. 그럼 길이 수월해지지요. 하지만 영원한 꿈은 없어요. 모든 꿈은 새로운 꿈에게 자리를 비켜주지요. 어떤 꿈에도 매달리려 해서는 안 돼요."

나는 몹시 놀랐다. 벌써 경고를 하시는 건가? 벌써 거부하시는 건가? 아무래도 좋았다. 나는 목표를 묻지 않고 그녀가 이끄는 대로 따라갈 각오가 되어 있었다.

"제 꿈이 얼마나 갈지 모르겠습니다. 영원했으면 좋겠어요. 새 그림 아래에서 나의 운명이 어머니처럼, 애인처럼 저를 받아주었습니다. 저는 그 누구도 아닌 그 운명의 것입니다." 나는 말했다.

"꿈이 운명인 동안에는 그 꿈에 충실해야 하겠지요." 그녀가 진지하게 인정해주었다.

슬픔이 밀려왔다. 이 마법 같은 순간에 죽어버리고 싶다는 간절한 소망이 나를 사로잡았다. 정말 오랫동안 울지 않았다. 눈물이 쉬지 않고 솟구쳐 억누를 수 없을 것 같은 기분이 들었다. 나는 몸을 휙 돌려 창가로 걸어갔고 앞이 보이지 않는 눈으로 화분 너머를 바라보았다.

등 뒤에서 그녀의 목소리가 들렸다. 넘칠 듯 가득 찬 포도주 잔처럼 애정이 듬뿍 담긴 차분한 목소리였다.

"싱클레어. 어린아이 같으니라고. 당신의 운

명은 당신을 사랑해요. 당신이 충실하기만 하다면 언젠가는 당신이 꿈꾼 대로 운명이 온전히 당신 것이 될 겁니다."

나는 억지로 마음을 가라앉히고 얼굴을 다시 그녀 쪽으로 돌렸다. 그녀가 내게 손을 내밀었다.

"내겐 친구가 몇 명 있어요." 그녀가 미소 지으며 말했다. "몇 안 되지만 정말 가까운 친구들인데 나를 에바 부인이라고 불러요. 당신도 원하면 그렇게 불러요."

그녀가 나를 문으로 데려가더니 문을 열고 뜰을 가리켰다. "막스는 저기 있어요."

나는 충격에 휩싸여 멍한 상태로 키 큰 나무 밑에 서 있었다. 아까보다 정신이 맑은지 아니면 몽롱한지 알 수 없었다. 나뭇가지에서 빗방울이 가만히 떨어졌다. 나는 천천히 뜰로 향했다. 강기슭을 따라 멀리 이어진 뜰이었다. 마침내 데미안을 찾았다. 그는 사방이 트인 작은 정자에서 웃통을 벗고서 매달려 있는 샌드백을 치며 권투 연습을 하고 있었다.

나는 깜짝 놀라 걸음을 멈추었다. 데미안은 멋져 보였다. 넓은 가슴, 남자다운 단단한 두상, 치켜든 근육질 팔은 튼실했으며, 엉덩이와 어깨, 팔 관절이 찰랑이는 샘물처럼 움직였다.

"데미안, 뭐 하는 거야?" 내가 소리쳤다.

그는 유쾌하게 웃었다.

"연습 중이야. 그 작은 일본인하고 시합하기로 약속했거든. 고양이처럼 날쌘 녀석이야. 물론 꾀도 많고. 하지만 날 이기지는 못할 거야. 그에게 아주 소소한 굴욕을 되갚아주어야 하거든." 그가 셔츠와 재킷을 입었다.

"우리 어머니를 만났어?" 그가 물었다.

"응. 너희 어머니는 정말 대단하신 분이야. 에바 부인! 딱 어울리는 이름이야. 만물의 어머니 같으시니까."

그가 잠깐 생각하는 표정으로 내 얼굴을 쳐다보았다.

"이름을 벌써 알아? 이봐, 젊은이. 자부심을 가져도 좋아. 어머니가 처음 만난 사람한테 이름을 가르쳐준 건 네가 처음이니까."

그날부터 나는 그 집을 아들처럼, 형제처럼, 연인처럼 드나들었다. 대문을 닫고 집안으로 들어서기만 해도, 아니 저 멀리서 뜰의 키 큰 나무가 눈에 들어오기만 해도 벌써 나는 풍족했고 행복했다. 바깥은 '현실'이었다. 바깥은 거리와 집들, 사람과 기관, 도서관, 강의실이었지만 이곳은 사랑이요 영혼이었다. 집에는 동화와 꿈이 살았다. 그렇다고 해서 우리가 세상과 담을 쌓고 살았던 것은 아니다. 우리는 생각과 대화를 통해 세상 한가운데에서 살았다. 다만 사는 영역이 달랐을 뿐이다. 우리를 대다수 사람과 갈라놓은 것은 경계선이 아니었다. 그저 세상을 보는 방식이 달랐을 뿐이다. 우리의 과업은 이 세상에 섬 하나를 보여주는 것이었다. 어쩌면 모범을 보여주는 것일지도 모르지만, 어쨌거나 다른 삶의 가능성을 예고하는 것이었다. 오래도록 외로웠던 내가 공동체를 알게 되었다. 온전한 고독을 맛본 사람들 사이에서나 가능한 공동체를 알게 된 것이다. 이제 더는 행복한 이들의 연회를, 즐거운 이들의 잔치를 갈망하지 않았다. 남들의 공동체를 보고서 질투나 향수를 느끼지 않았다. 그리고 서서히 그 '표식'이 있는 자들의 비밀을 알게 되었다.

세상의 기준으로 보면 표식이 있는 우리가 이상할 수도 있었다. 미쳤고 위험한 것처럼 보일 수도 있었다. 우리는 깨어난 자이거나 깨어나고 있는 자들이었고 우리의 노력은 날로 완전해지는 각성을 추구하였다. 다른 이들의 노력과 행복 추구는 자신의 의견, 자신의 이상과 의무, 자신의 삶과 행복을 점점 더 무리의 그것에 밀착시키고자 했다. 그곳에도 노력이 있고, 그곳에도 힘과 위대함이 있었지만, 우리가 보기에 표식이 있는 우리는 새로운 것, 개별적인 것, 미래의 것으로 향하는 자연의 의지를 알리지만, 다른 이들은 이대로 머물려는 의지를 실천하였다. 우리만큼 그들도 인류를 사랑하지만, 그들이 생각하는 인류는 보존하고 보호해야 할 완성품이었다. 우리는 인류를 먼 미래로 생각했다. 우리 모두가 그것을 향해 가고 있고, 아무도 그 모습을 알지 못하며, 어디에도 그것의 법칙이 적혀 있지 않은 먼 미래 말이다.

우리 모임에는 에바 부인과 막스, 나 말고도 정말로 다양한 구도자들이 들락거렸다. 조금 더 친밀한 사람도 있었고 거리를 두는 사람도 있었다. 대다수가 특별한 길을 걸었고 남과 다른 목표를 정하였으며 특별한 의견과 의무에 집착했다. 천문학자와 카발라 교도도 있었고 톨스토이 백작 추종자도 한 사람 있었으며, 온갖 종류의 연약하고 소심하고 상처 잘 받는 인간들, 새로운 종파의 추종자, 요가 하는 사람, 채식주의자 등등이 있었다. 이 모두와 우리는 사실상 각자 타인의 비밀스러운 삶의 꿈을 존중한다는 것만 빼면 정신적인 공통점이 없었다. 물론 그중에는 우리와 조금 더 가까운 사람들도 있었는데, 신과 새로운 이상을 찾았던 과거 인류의 노력을 추적하였으므로 그들의 연구를 보면 자주 피스토리우스가 떠올랐다. 그들은 책을 가져와서 옛 언어로 쓰인 글을 번역하였고, 우리에게 옛 상징과 의식의 사본을 보여주었으며, 지금까지 인류의 모든 이상이 얼마나 무의식적 영혼의 꿈들로 이루어졌는지를 보라고 가르쳤다. 인류는 그 꿈속에서 미래 가능성의 예감을 더듬대며 추적하였노라고. 그렇게 우리는 기독교의 여명이 트기 전까지 고대를 지배했던 수많은 놀라운 신의 무리를 섭렵했다.

고독한 신앙인의 고백이라면 훤했고, 이 민족에서 저 민족으로 넘어간 종교의 변천도 알게 되었다. 우리가 수집한 모든 것에서 우리 시대와 현재 유럽에 대한 비판이 솟아났다. 지금의 유럽은 엄청난 노력으로 인류의 막강한 신무기를 개발했지만 결국 통탄할 만큼 깊은 정신의 황폐화에 빠져버리고 말았다. 온 세상을 얻느라 자신의 영혼을 잃고 만 것이다.

여기에도 특정한 희망과 구원론을 믿고 신봉하는 자가 있었다. 유럽을 개종시키려는 불교도와 톨스토이 추종자가 있었고, 다른 교리도 있었다. 우리는 이런 소수의 모임에 귀를 기울였고 이런 교리들을 상징과 다르지 않게 받아들였다. 미래의 표식이 있는 우리는 미래의 모습을 걱정하지 않았다. 우리 눈에는 모든 교리가, 모든 구원론이 애당초 죽었고 쓸모없었다. 불확실한 미래가 무엇을 가져올지라도 모든 준비를 마치도록 우리 각자가 온전히 자기 자신이 되고, 자기 안에서 자라는 자연의 싹에 온전히 부응하며 그것의 뜻을 따르는 것, 우리는 오직 그것만을 의무이자 운명으로 느꼈다.

말로 표현하건 안 하건 우리 모두는 새로운 탄

생과 현 세계의 몰락이 가까웠고 이미 그것을 감지할 수도 있다는 사실을 또렷이 느꼈기 때문이다. 데미안은 자주 말했다. "무슨 일이 다가올지 상상도 할 수 없어. 유럽의 영혼은 짐승이야. 끝없이 오래 묶여 있었던 짐승이다. 그것이 풀려나 처음으로 하는 짓들은 그다지 아름답지 않을 거야. 하지만 우리가 오래전부터 계속해서 속이고 손발을 묶어버렸던 영혼의 진짜 문제만 밝혀진다면 어느 길로 가건, 얼마나 돌아가건 그건 중요하지 않아. 그렇게 되면 우리의 날이 올 것이고 우리가 필요하겠지. 길잡이나 새로운 입법자가 아니라 — 앞으로 새로운 법은 더는 없을 테니까 — 길을 함께 가다가 운명이 외쳐 부르는 곳에 서 있을 각오가 된 사람으로 필요하겠지. 봐, 자신의 이상이 위태로울 때는 모두가 믿을 수 없는 짓을 할 각오가 되어 있어. 하지만 새 이상, 새롭고 어쩌면 위험하며 무시무시한 성장의 용트림이 문을 두드릴 때는 거기에는 아무도 없어. 그때 거기에 있다가 함께 걸어갈 소수가 우리일 거야. 그때를 위해 우리에게 표식이 있는 것이고. 카인에게 표식이 있었던 것도 두려움과 증오를 불러일으켜 당시의 인류를 비좁은 동산에서 위험한 넓은 땅으로 몰아내기 위해서였지. 인류의 걸음에 영향을 미친 사람들은 모두 하나같이 운명을 맞이할 준비가 되어 있었기에 능력과 영향력을 발휘했던 거야. 모세와 붓다가 그랬고, 나폴레옹과 비스마르크에게도 해당하는 말이야. 비스마르크가 사회민주주의자들을 이해하고 대비를 했더라면 현명한 신사는 되었겠지만 운명의 남자가 되지는 못했을 거야. 나폴레옹이 그랬고 카이사르가, 로욜라가, 모두가 그랬어. 항상 생물학적으로, 진화사적으로 생각해야해. 지표면의 변화가 수생동물을 뭍으로 보내고 육지 동물을 물속으로 던졌을 때, 새로운 일과 듣도 보도 못한 일을 완수하고 새롭게 적응하여 자기 종을 구할 수 있었던 것은 운명을 각오한 녀석들이었어. 같은 녀석들이 그전에는 자기 종 안에서 보수적이었고 현상 유지를 주장했는지, 아니면 괴짜고 혁명가였는지, 우리는 몰라. 어쨌거나 그 녀석들은 준비가 되어 있었고 그 덕분에 새로운 진화를 이겨내고 자기 종을 구할 수 있었던 거야. 우리도 그걸 아니까 준비를 하려는 것이고."

그런 대화를 나눌 때면 에바 부인도 자주 합석했다. 하지만 그녀가 이런 방식으로 직접 말하는 일은 없었다. 그녀는 자기 생각을 털어놓는 우리 모두에게 신뢰와 이해를 한가득 보이며 귀 기울이는 경청자이자 메아리였다. 모든 생각이 그녀에게서 나와서 그녀에게로 되돌아가는 것 같았다. 그녀 곁에 앉아서 이따금 그녀의 목소리를 듣고 그녀를 에워싼 성숙한 영혼의 분위기에 젖는 것이 나에겐 행복이었다.

내 마음에 어떤 변화가 생길 때, 내 마음이 흐려지거나 새로워질 때면 그녀는 곧바로 알아차렸다. 내가 자면서 꾸는 꿈이 그녀가 내린 계시 같았다. 나는 자주 꿈 이야기를 그녀에게 들려주었고, 그녀는 내 꿈을 이해할 수 있는 것, 자연스러운 것으로 받아들였다. 아무리 이상한 꿈도 그녀는 맑은 직관으로 다 이해할 수 있었다. 한동안 나는 우리가 낮에 나누는 대화를 복제한 듯한 꿈을 꾸었다. 꿈에서는 온 세상이 혼란스러웠고 나 혼자 혹은 데미안하고 둘이서 잔뜩 긴장한 채로 거대한 운명을 기다렸다. 운명은 정체를 드러내지 않았지만 어쩐지 에바 부인의 모습을 하고 있었다. 그녀에게 선택을 당하건 버림을 받건 그것은 운명이었다.

이따금 그녀가 미소를 지으며 말했다. "당신 꿈은 온전하지 않아요. 싱클레어. 가장 좋은 것을 잊어버렸어요." 그러면 좋은 부분이 다시 생각났고, 내가 어떻게 그것을 잊어버릴 수 있었는지 이해가 되지 않았다.

때로는 불만에 사로잡히고 욕망에 시달렸다.

그녀를 품에 안지 못하고 곁에서 바라보기만 하다니 더는 참을 수 없다는 생각이 들었다. 그 마음도 그녀는 금방 알아차렸다. 한번은 며칠 그 집에 가지 않다가 심란한 모습으로 다시 찾아갔더니 그녀가 나를 따로 불러 말했다. "자신이 믿지 않는 소망에 자신을 바치지 말아요. 당신이 무엇을 바라는지 나는 알아요. 당신은 그 소망을 포기할 수 있어야 해요. 아니면 온전히 제대로 바라든가요. 그 소망이 이루어지리라 완전히 확신할 만큼 바란다면 그 소망은 이루어질 겁니다. 하지만 당신은 바랐다가 다시 후회하고 겁을 내지요. 그 모든 것을 극복해야 합니다. 당신한테 동화 한 편을 들려주고 싶어요."

그녀는 별을 사랑하게 된 한 젊은이의 이야기를 시작했다. 그는 바닷가에 서서 두 손을 뻗어 별을 숭배했으며 별을 꿈꾸었고 별을 생각했다. 하지만 인간은 별을 끌어안을 수 없다는 것을 알았거나 안다고 생각했다. 그는 소망이 이루어지리라는 희망도 없이 별을 사랑하는 것이 자신의 운명이라 여겼고, 이런 생각에서 그를 개선하고 정화할 무언의 충직한 고통과 단념을 읊은 삶의 시를 지었다. 하지만 그의 꿈은 모조리 별을 향해 달려갔다. 어느 날 밤 그는 또다시 바닷가 높은 벼랑에 서서 별을 쳐다보며 사랑에 불타올랐다. 갈망이 최고조에 이른 순간 그가 풀쩍 뛰어 별을 향해 허공으로 몸을 날렸다. 그러나 뛰는 순간 번개처럼 생각했다. 이건 불가능해! 그러자 그는 산산이 부서져 해변으로 떨어졌다. 그는 사랑을 이해하지 못했다. 뛰는 순간 영혼의 힘으로 소원이 이루어지리라 믿었다면 하늘로 날아올라 별과 하나가 되었을 것이다.

"사랑은 간구해서는 안 돼요. 요구해서도 안 되지요. 사랑은 자기 안에서 확신에 이르는 힘을 가져야 합니다. 그러면 더는 끌려가지 않고 끌어당기지요. 싱클레어. 당신의 사랑은 나한테 끌려다닙니다. 당신이 나를 끌어당긴다면 나는 끌려

갈 거예요. 나는 선물을 주고 싶지 않아요. 나를 가져가주길 원해요."

어떤 날은 다른 동화를 들려주었다. 희망 없이 사랑하는 남자의 이야기였다. 그는 온전히 자기 영혼으로 돌아가 사랑에 불타 죽었다고 생각했다. 세상이 없어져 버렸기에 그는 파란 하늘과 초록의 숲을 더는 보지 않았다. 시냇물은 졸졸 흐르지 않았고, 하프는 울리지 않았으며, 만물은 몰락했고, 그는 가난하고 비참해졌다. 그러나 그의 사랑은 날로 자라나서 자신이 사랑하는 아름다운 여인을 갖지 못할 바에는 차라리 죽어 썩어버리고 싶었다. 그 순간 그는 자신의 사랑이 자기 안에 깃든 다른 모든 것을 불태워버렸다고 느꼈다. 사랑의 힘이 어마어마해서 끌어당기고 또 당겼기에 그 아름다운 여인은 따라올 수밖에 없었다. 그녀가 가까이 오자 그는 두 팔을 활짝 펼쳐 그녀를 자기 곁으로 끌어당겼다. 그러나 그의 앞에 선 그녀는 완전히 달라져 있었다. 자신이 잃어버린 온 세상을 끌어당겼다는 사실을 깨달은 그는 몸을 떨었다. 그녀가 그의 앞에 서서 그에게 몸을 맡겼다. 하늘과 숲과 시냇물, 모든 것이 새로운 빛으로 생생하고 찬란하게 다가와 그의 것이 되었고 그의 언어로 말했다. 그는 한 여자가 아니라 온 세상을 가슴에 품었고, 하늘의 모든 별이 그의 안에서 눈부시게 빛났으며 그의 영혼을 통해 기쁨이 뿜어져 나왔다. 그는 사랑했고, 사랑하여 자신을 찾았다. 그러나 대부분의 사람은 사랑하여 자신을 잃는다.

에바 부인을 향한 나의 사랑이 내 삶의 유일한 내용인 것 같았다. 그러나 그녀는 매일 다른 모습이었다. 때로는 나의 본성을 끌어당기는 것은 그녀라는 인간이 아니며, 그녀는 내 내면의 상징에 불과하여 나를 더 깊이 내 안으로 이끌어가려 할 뿐이라고 확실히 느꼈다고 믿었다. 그녀의 말은 종종 내 마음을 움직이는 간절한 질문들에 대한 내 무의식의 답변처럼 들렸다. 그러다가도 다시금 그녀 곁에서 육체적 욕망에 불타고 그녀의 손길이 닿은 물건에 입 맞추는 순간이 있었다. 그렇게 서서히 육체적 사랑과 비육체적 사랑, 현실과 상징이 겹쳐졌다. 집으로 돌아와 내 방에서 차분히 진심으로 그녀를 생각하면 내 손에 잡힌 그녀의 손과 내 입술에 닿은 그녀의 입술을 느낀 것 같았다. 혹은 그녀 곁에서 그녀의 얼굴을 바라보고 그녀와 이야기하고 그녀의 목소리를 들으면서도 그녀가 현실인지 꿈인지 알 수 없었다. 나는 어떻게 하면 사랑을 지속시키고 영원히 소유할 수 있을지 예감하기 시작했다. 책을 읽으면서 새로운 깨달음을 얻으면, 꼭 에바 부인과 입맞춤한 기분이었다. 그녀가 내 머리를 쓰다듬으며 성숙하고 향기로운 온기를 미소에 실어 보낼 때면 내면의 발전을 이루었을 때와 같은 기분이 되었다. 중요한 모든 것, 운명인 모든 것이 그녀의 모습을 띨 수 있었다. 그녀는 내 모든 생각으로 탈바꿈하였고, 내 모든 생각은 그녀로 변신하였다.

크리스마스 휴일을 맞이하여 고향 집으로 내려가면서 나는 겁이 났다. 2주 동안이나 에바 부인과 멀리 떨어져 있어야 한다니 분명 고통스러울 터였다. 그러나 고통스럽지 않았다. 고향 집에서 그녀를 생각하는 일도 나쁘지 않았다. H시로 돌아와서도 나는 이런 자신감과 그녀의 존재에서 벗어나 독립한 기분을 즐기려고 이틀 더 그녀의 집에 가지 않았다. 또 새로운 상징적 방식으로 그녀와 하나가 되는 꿈도 꾸었다. 그녀는 내가 흘러 들어가는 바다였다. 그녀는 별이었고, 나 역시 그녀에게로 가는 별이어서 우리는 만났고 서로를 끌어당긴다고 느꼈으며 함께 머물렀고, 바짝 붙어 소리 내어 원을 그리며 영원히 행복하게 서로를 빙빙 돌았다.

다시 그녀를 찾았을 때 나는 그녀에게 그 꿈이야기를 털어놓았다.

"꿈이 아름답군요. 현실로 만들어요." 그녀가 조용히 말했다.

초봄의 어느 날이었다. 나는 그날을 평생 잊지 못한다. 거실에 들어가니 창문이 하나 열려 있었고 미적지근한 기류 탓에 히아신스의 짙은 향기가 온 집안에 가득했다. 아무도 없어서 나는 계단을 올라 데미안의 서재로 향했다. 가볍게 노크하고는 평소처럼 대답을 기다리지도 않고 곧바로 안으로 들어갔다.

커튼을 모조리 쳐놓아서 방이 어두웠다. 작은 옆방으로 가는 문이 열려 있었다. 데미안이 화학 실험실로 꾸며놓은 방이었다. 거기서 비구름을 통과한 듯한 봄 햇살이 희고 환한 빛을 던졌다. 나는 아무도 없다고 생각하고 커튼 하나를 옆으로 젖혔다.

커튼을 친 창문 가까이 바짝 붙어서 막스 데미안이 나지막한 의자에 앉아 있었다. 이상하게 평소와 달라져서 몸을 웅크리고 있었다. 전에도 본 적이 있다! 이런 느낌이 번개처럼 스치고 지나갔다. 그는 꼼짝도 하지 않았다. 팔은 축 늘어뜨렸고, 손은 무릎에 올렸으며, 살짝 앞으로 숙인 얼굴은 눈을 뜨고 있었어도 죽은 듯 앞을 보지 않았다. 눈동자에는 눈부신 작은 빛이 한 조각 유리처럼 반사되어 생기 없이 번쩍였다. 창백한 얼굴은 자기 생각에 푹 빠져서 완전히 굳었을 뿐 다른 표정이 실리지 않았다. 신전 앞문에 걸린 태곳적 동물 가면 같았다. 숨을 안 쉬는 것 같았다.

떠오른 옛날의 기억 탓에 나는 몸서리를 쳤다. 오래전 내가 아직 어렸을 때 보았던 그의 모습과 똑같았다. 그때도 눈은 내면을 노려보았고, 손은 생기 없이 나란히 놓여 있었으며, 파리가 얼굴을 타고 지나다녔다. 아마 6년 전이었을 그때도 그는 너무 늙어 보였고 시간을 초월한 듯 했다. 얼굴에 주름살 하나도 오늘과 다르지 않았다.

나는 두려움에 휩싸여 조용히 방을 나와 계단을 내려왔다. 거실에서 에바 부인을 만났다. 그녀는 창백했고 피곤해 보였다. 한 번도 본 적 없는 모습이었다. 그림자 하나가 창을 휙 스쳐 지나갔다. 눈부신 흰 햇살이 갑자기 사라져버렸다.

"막스한테 갔었습니다." 내가 얼른 속삭였다. "무슨 일입니까? 조는 건지 생각에 빠진 건지 모르겠어요. 예전에도 저런 적이 있었습니다."

"깨웠나요?" 그녀가 서둘러 물었다.

"아니요. 제 소리를 못 들었을 겁니다. 얼른 도로 나왔거든요. 에바 부인, 무슨 일인지 말씀해 주세요."

그녀가 손등으로 이마를 쓸었다.

"침착해요. 싱클레어. 아무 일도 아니에요. 생각에 잠긴 거예요. 오래 걸리지 않아요."

그녀가 일어나더니 비가 오기 시작하는데도 뜰로 나갔다. 따라가면 안 될 것 같았다. 그래서 나는 거실에서 서성였고 코를 마비시킬 듯 향기를 뿜어대는 히아신스의 향기를 맡으며 문 위에 붙은 나의 새 그림을 쳐다보았다. 답답한 가슴으로 그날 아침 이 집을 꽉 채운 이상한 그림자를 들이마셨다. 이게 뭘까? 무슨 일일까?

에바 부인은 이내 돌아왔다. 빗방울이 검은 머리카락에 맺혀 있었다. 그녀가 팔걸이 의자에 앉았다. 피곤한 기색이 역력했다. 나는 그녀 곁으로 다가가 허리를 굽히고 머리에 붙은 물방울에 입을 맞추었다. 그녀의 눈은 환하고 고요했으나 물방울에선 눈물의 맛이 났다.

"가서 보고 올까요?" 내가 소리 죽여 물었다.

그녀가 희미한 미소를 지었다.

"어린애처럼 굴지 말아요. 싱클레어!" 자신이 걸린 주문을 깨기라도 하려는 듯 그녀가 큰 소리로 경고했다. "그만 갔다가 나중에 다시 와요. 지금은 당신하고 이야기할 수가 없어요."

나는 집을 나왔고 도심을 지나 산으로 향했다. 가느다란 비가 비스듬히 내리쳤고, 구름은 불안한 듯 무거운 압박감을 느끼며 낮게 드리운 채로 몰려갔다. 아래쪽에선 비가 거의 오지 않았는데 위로 올라오니 폭풍이 치는 것 같았다. 강철 같은 회색 구름에서 여러 차례 창백한 햇살이 잠깐씩 눈부시게 쏟아져 내렸다.

그 순간 하늘을 가로질러 흩어진 노란 구름이 몰려오다가 회색 벽에 부딪혀 멈추었고, 바람이 단 몇 초 만에 노란 구름과 파란 하늘로 어떤 형상을 만들었다. 파란 혼돈을 찢고 나와 크게 날갯짓하며 하늘로 사라지는 거대한 새였다. 그러다 다시 폭풍우 소리가 들렸고 비와 우박과 섞여 요란하게 떨어져 내렸다. 비현실적이고 무시무시한 소리를 내는 천둥이 바람에 흩날린 풍경 위로 다시 잠깐 콰쾅 떨어졌고, 그 직후 다시 햇살이 비쳤다. 갈색 숲 너머의 근처 산꼭대기에서 창백한 눈이 비현실적으로 흐릿하게 반짝였다.

몇 시간 후 비에 젖어 창백해진 얼굴로 돌아가니 데미안이 직접 대문을 열어주었다.

그가 나를 데리고 자기 방으로 올라갔다. 실험실에 가스불이 타고 종이가 흩어져 있었다. 실험을 하고 있었던 모양이었다.

"앉아." 그가 앉기를 권했다. "피곤하겠다. 이상한 날씨야. 한참 바깥에 있었나 보네. 금방 차를 가져올 거야."

"오늘 무슨 일이 일어나고 있어." 내가 망설이다 입을 열었다. "이게 그냥 천둥 번개일 리가 없어."

그가 나를 탐색하듯 바라보았다.

"뭘 봤어?"

"응. 잠깐 동안 구름에서 또렷하게 형체를 봤어."

"무슨 형체?"

"새였어."

"새매? 그거? 네가 꿈에서 본 그 새?"

"응, 나의 새매였어. 노랗고 엄청나게 컸는데 검푸른 하늘로 날아갔어."

데미안이 크게 안도의 한숨을 내쉬었다.

노크 소리가 났다. 늙은 하녀가 차를 가져왔다.

"어서 마셔, 싱클레어, 어서. 나는 네가 그 새

316

를 우연히 본 게 아니라고 생각하는데?"

"우연? 그런 걸 우연히 본다고?"

"좋아, 우연이 아니야. 뭔가 의미가 있어. 뭔지 알아?"

"아니. 그저 충격을, 운명으로 들어가는 한 걸음을 뜻한다고 느낄 뿐이야. 우리 모두가 관련된다고 생각해."

그가 방안을 조급하게 왔다갔다 했다.

"운명으로 들어가는 한 걸음이라!" 그가 큰 소리로 외쳤다.

"어젯밤에 나도 같은 꿈을 꾸었어. 어머니도 어제 예감을 하셨는지 같은 말씀을 하셨고. 꿈에 내가 사다리를 타고 나무줄기 아니면 탑에 올라갔는데, 꼭대기에 올라가니까 온 나라가 보이는 거야. 큰 평지였는데 도시와 마을이 불타고 있었어. 아직 다 이야기할 수는 없어. 아직 다 확실하지가 않거든."

"너하고 관련 있는 꿈인 것 같아?" 내가 물었다.

"나? 당연하지. 자기하고 상관없는 꿈을 꾸는 사람은 없어. 하지만 나만 해당하는 것이 아냐. 네 말이 맞아. 내 영혼의 동요를 알려주는 꿈과 다른 사람들, 아주 드물지만 전 인류의 운명을 암시하는 꿈을 나는 제법 정확하게 구분하거든. 그런 꿈은 아주 드물어. 예언이라고, 이루어졌다고 말할 수 있을 그런 꿈은 아직 한 번도 꾼 적이 없고. 해몽이 너무 불분명해. 하지만 나 혼자만의 문제가 아닌 꿈을 꾸었다는 것은 확실히 알아. 그 꿈은 다른 꿈, 내가 꾸었고 앞으로 계속될 지난 꿈의 일부이니까. 싱클레어. 이런 꿈들이 바로 그런 꿈이야. 내가 너에게 말했던 예감을 얻을 수 있는 꿈. 우리가 사는 세상은 정말 썩었어. 이 세상이 망할 거라거나 그 비슷한 예언을 할 근거는 아직 없지만 나는 오래전부터 낡은 세상의 멸망이 가까웠다는 결론을 내릴만한, 아니 느낄만한 꿈을 꾸었어. 하긴 결론이면 어떻고 느낌이면 어때? 그래 난 그렇게 느꼈다고. 처음엔 아주 약하고 먼 예감이었지만, 점점 또렷해지고 강해졌지. 큰일, 무서운 일이 다가오고 있다는 것 말고는 아직 아는 게 없어. 나하고 관련된 일이야. 싱클레어. 우리가 자주 이야기했던 그 일을 겪게 될 거야. 세상은 새로워지려 해. 죽음의 냄새가 풍기고 있어. 죽음 없이는 새로운 것이 오지 않아. 그리고 그건 내 생각보다 훨씬 끔찍해." 나는 깜짝 놀라서 그를 빤히 쳐다보았다.

"꿈의 뒷부분을 이야기해줄 수 있어?" 나는 주저하며 부탁했다.

그가 고개를 저었다.

"아니."

문이 열리고 에바 부인이 들어왔다.

"둘이 같이 있구나. 너희들 슬픈 건 아니지?"

그녀는 생기가 넘쳤고 전혀 피곤해 보이지 않았다. 데미안이 미소를 지었고 그녀는 어머니가 불안에 떠는 아이들에게 다가가듯 우리에게로 다가왔다.

"슬프지 않아요. 어머니. 그냥 그 새 표식을 약간 추측해보고 있었어요. 하지만 그건 중요하지 않아요. 올 일은 문득 올 테고, 그럼 알 필요가 있는 것을 경험하게 되겠죠."

그러나 나는 기분이 울적해졌다. 작별 인사를 건네고 거실을 지나올 때는 히아신스 향기가 맥없이 시들해져서 시취 같다고 느꼈다. 우리에게로 그림자가 드리웠다.

8장

—

종말의 시작

여름 학기도 H시에서 보낼 수 있게 되었다. 이제
우리는 집 안보다 거의 강가의 정원에 있었다. 권
투시합에서 제대로 패한 일본인은 떠났고 톨스
토이 추종자도 나타나지 않았다. 데미안은 말 한
필을 구해서 매일 끈기 있게 말을 탔다. 그래서
나는 그의 어머니와 단둘이 있을 때가 많았다.

　내 삶이 너무 평화로워서 의아할 때가 있었다.
너무 오랫동안 혼자였고, 단념을 훈련하며 애써
고통과 싸우는 일에 길이 들어서 H시에서 보낸
이 몇 달이 아름답고 유쾌한 일과 기분에 푹 젖

어서 마법에 걸린 듯 편안하게 살아도 되는 꿈의 섬 같았다. 이것이 내가 생각했던 더 높은 새로운 공동체의 전조라고 예감하였다. 그러나 이따금 이런 행복이 오래갈 수 없다는 것을 알기에 깊은 슬픔에 사로잡혔다. 나는 만족과 즐거움을 들이마시며 살아온 사람이 아니었다. 나는 고통과 조급함이 필요한 사람이었다. 그러기에 언젠가는 이 아름다운 사랑의 장면에서 깨어나 다시 홀로 서게 되리라 예감했다. 고독과 투쟁밖에는 없는, 평화와 공생이라고는 없는 다른 이들의 차가운 세상에 온전히 홀로 서 있으리라 느꼈다.

그럴 때면 나의 운명이 아직 이 아름답고 고요한 모습을 띠는 것이 기뻐서 갑절의 애정을 바쳐 에바 부인의 곁으로 바짝 다가갔다.

여름의 몇 주는 빠르고도 편안하게 흘러갔다. 여름 학기도 벌써 끝나가고 있었다. 작별이 코앞이었으나 그 생각은 해서도 안 되었고 또 하지도 않았다. 나는 꽃의 꿀을 빠는 나비처럼 그 아름다운 날들에 매달렸다. 행복한 시간이었다. 살면서 처음으로 목표를 이루었고 무리와 하나가 되었다. 이제 또 무엇이 올까? 나는 다시 투쟁할 것이고 그리움으로 괴로워할 것이며 꿈을 꾸며 홀로 서리라.

어느 날, 그런 예감이 너무도 강해서 문득 에바 부인을 향한 나의 사랑이 고통스러울 정도로 불타올랐다. 오 세상에, 이제 금방이다. 나는 그녀를 보지 못할 것이고, 집 안을 오가는 그녀의 당차고 단정한 발소리를 듣지 못할 것이며, 내 책상에 놓인 그녀의 꽃을 보지 못할 것이다. 나는 무엇을 이루었을까? 그녀를 얻고 그녀를 얻기 위해 투쟁하고 영원히 그녀를 내 곁으로 끌어오기는커녕 꿈꾸며 행복에 젖어 있기만 했다. 진정한 사랑이 무엇인지 알려준 그녀의 그 모든 말이 떠올랐다. 경고를 담은 그 많은 고귀한 말들, 어쩌면 약속이었을 그 많은 나직한 유혹이 떠올랐다. 나는 그것으로 무엇을 이루었을까? 아무것도, 아무것도 이루지 못했다!

　방 한가운데에 서서 온 의식을 끌어모아 에바를 생각했다. 내 영혼의 힘을 모아 그녀에게 내 사랑을 보내고, 내 사랑을 느낀 그녀를 내게로 끌어오고 싶었다. 그녀가 와서 나를 포옹하길 바랐다. 나의 입맞춤으로 그녀의 성숙한 사랑의 입술을 한없이 파고들고 싶었다.

　나는 그 자리에 서서 손가락과 발가락에서 시작된 한기가 온몸으로 퍼져나갈 때까지 힘을 모았다. 힘이 내게서 뻗어 나가는 느낌이 들었다. 잠깐 내 안에서 무언가가 응어리져 단단해졌다. 밝고 서늘한 것이었다. 한순간 심장에 수정이 들어온 느낌이 들었고, 나는 그것이 나의 자아라는 사실을 깨달았다. 한기가 심장까지 올라왔다.

　그 엄청난 긴장에서 깨어나자 무언가 올 것 같은 느낌이 들었다. 죽을 만큼 피곤했지만, 나는 뜨겁게 달아올라 황홀한 표정으로 방으로 들어설 에바를 기다렸다.

긴 도로를 따라 다가오는 말발굽 소리가 들렸다. 소리가 가까이에서 크게 들리다가 갑자기 뚝 멎었다. 나는 창가로 달려갔다. 저 아래에서 데미안이 말에서 내리고 있었다. 나는 아래층으로 달려갔다.

"데미안, 무슨 일이야? 어머니께 무슨 일 생긴 건 아니지?"

그는 내 말을 듣지 않았다. 얼굴이 정말 창백했고 양쪽 이마에서 땀이 줄줄 흘러 뺨을 타고내렸다. 그가 달려오느라 열이 난 말의 고삐를 뜰의 울타리에 매고는 내 팔을 잡고 내리막길로 내려갔다.

"소식 들었어?"

나는 아무것도 몰랐다.

데미안이 잡고 있던 내 팔에 힘을 주며 얼굴을 내 쪽으로 돌렸다. 연민을 담은 고유의 검은 눈동자가 나를 향했다.

"그래, 시작이야. 러시아의 긴장이 고조된 건

알지?"

"뭐? 전쟁이 터졌어? 그럴 리 없다고 생각했는데."

옆에 아무도 없는데도 그가 목소리를 낮추었다.

"아직 선포된 건 아냐. 하지만 전쟁이 터질 거야. 내 말을 믿어. 그동안 이 문제로는 너한테 부담 주지 않았지만, 그때부터 나는 벌써 세 번이나 새로운 징후를 보았어. 그러니까 세상이 망하지는 않을 거고 지진이 나지도 않을 거고 혁명이 일어나지도 않을 거야. 전쟁이 터질 거야. 전쟁이 어떻게 들이닥칠지 보게 될 거야. 사람들은 기뻐하겠지. 벌써 다들 공격을 기대하고 있으니까. 그 정도로 삶이 재미없어진 거야. 하지만 너는 알 거야. 싱클레어. 이건 시작에 불과해. 어쩌면 큰 전쟁이 될 거야. 아주 큰 전쟁. 하지만 그것도 시작에 불과해. 새로운 것이 시작될 테고, 옛것에 집착하는 사람들에겐 그 새것이 끔찍하겠지. 넌 뭘 할 거야?"

나는 당황스러웠다. 그 모든 말이 아직 낯설고 비현실적으로 들렸다.

"모르겠어. 너는?"

그가 어깨를 으쓱 올렸다.

"동원령이 떨어지면 바로 입대해야 해. 난 중위거든."

"네가? 몰랐어."

"그래, 그게 나의 적응 방식 중 하나였지. 밖으로 남들 눈에 띄고 싶지 않아서 늘 올바르게 보이려고 좀 과하다 싶을 만큼 노력했으니까. 여드레 후면 난 전장에 있을 거야."

"세상에……"

"친구, 이런 일은 감상적으로 생각하면 안 돼. 산 사람에게 총을 쏘라는 명령이 근본적으로 좋을 리 없겠지. 하지만 그건 부차적인 일이야. 이제 우리 모두가 큰 바퀴 속으로 들어갈 거야. 너도 그럴 거고. 너도 틀림없이 징집될 거야."

"데미안, 어머니는?"

그제야 잠시 전의 일이 다시 생각났다. 세상이 얼마나 달라졌단 말인가! 그 달콤한 형상을 불러내려고 온 힘을 모았는데, 이제 난데없이 나타난 새로운 운명이 무서우리만큼 섬뜩한 가면을 쓰고서 나를 바라보고 있다.

"우리 어머니? 아, 어머니는 걱정할 필요 없어. 어머니는 안전하셔. 세상 그 누구보다 안전하시지. 너 우리 어머니를 사랑하지?"

"데미안, 너도 알고 있었어?"

그가 전혀 개의치 않고 환하게 웃었다. "우리 꼬맹이, 당연히 알았지. 어머니를 에바 부인이라고 부르는 사람 중에 어머니를 사랑하지 않은 사람이 없었거든. 그건 그렇고, 어땠어? 네가 오늘 어머니 아니면 나를 불렀잖아. 그치?"

"맞아. 내가 불렀어. 나는 에바 부인을 부른 거야."

"어머니도 느끼셨어. 갑자기 나를 부르시더니

너한테 가라고 하시는 거야. 그 직전에 러시아 소식을 말씀드렸거든."

우리는 발길을 돌렸지만, 이제 말을 그다지 많이 하지 않았다. 그가 울타리에 매어둔 고삐를 풀더니 말에 올랐다.

위층 내 방으로 올라오자 피곤이 몰려왔다. 데미안의 소식 때문이기도 했지만, 그 전에 잔뜩 긴장했기 때문에 더 그랬다. 하지만 에바 부인이 내 목소리를 들었다니! 나는 생각만으로 그녀의 심장에 닿았다. 그녀가 직접 왔다면 좋았겠지만 …… 그렇지 않아도…… 이 모든 것이 얼마나 신기하며, 근본적으로는 얼마나 아름다운가! 이제 전쟁이 터질 것이라고 한다. 우리가 틈날 때마다 이야기하던 그 일이 일어나기 시작했다고 한다. 그리고 데미안은 이미 너무 많은 것을 예상했었다. 너무도 이상했다. 세상의 물결이 더는 우리를 스쳐 지나가버리지 않는다니, 세상의 물결이 지금 느닷없이 우리의 심장을 관통하고, 모험과 사나운 운명이 우리를 부르며, 지금 혹은 이제 곧 세상이 우리를 필요로 하는 순간, 세상이 변하려는 순간이 찾아올 것이라니, 정말로 이상했다. 데미안이 옳다. 감상적으로 받아들일 일이 아니다. 다만 '운명'이라는 너무도 외로운 일을 이렇게나 많은 사람이, 온 세상이 함께 겪는다니, 그것이 이상할 따름이었다. 잘된 일이다!

나는 준비가 되었다. 저녁에 시내를 지나가려니 온 사방이 흥분의 도가니였다. 어디서나 '전쟁'이라는 말이 들렸다.

나는 에바 부인의 집으로 가서 뜰의 정자에서 저녁을 먹었다. 손님은 나 혼자였다. 아무도 전쟁을 입에 올리지 않았다. 다만 늦은 시각에 내가 집에서 나서기 직전 에바 부인이 말했다. "싱클레어. 오늘 나를 불렀죠. 왜 내가 직접 가지 않았는지 알 거예요. 하지만 잊지 말아요. 당신은 이제 부를 줄 알아요. 표식이 있는 누군가가 필요할 때는 언제든지 다시 불러요!"

그녀는 몸을 일으켰고, 해 저무는 뜰을 지나 앞서 걸었다. 신비한 그 여인은 말 없는 나무 사이로 당당한 걸음을 성큼성큼 내디뎠고, 그녀의 머리 위로 수많은 작은 별들이 어여쁘게 반짝거렸다.

나의 이야기가 끝나가고 있다. 사태는 급속도로 진행되었다. 이내 전쟁이 터졌고 은회색 외투의 제복을 입은 모습이 너무도 낯설었던 데미안도 멀리 떠났다. 나는 그의 어머니를 집으로 모셔다드렸다. 그리고 얼마 안 있어 그녀와도 작별을 했다. 그녀는 내 입술에 입을 맞추었고 잠깐 나를 가슴에 꼭 품어주었다. 그녀의 큰 눈이 코앞에서 내 눈을 불타듯 노려보았다.

모두가 형제가 된 것 같았다. 모두가 조국과 명예를 외쳤다. 하지만 그것은 운명이었고, 그들 모두 잠깐 그 운명의 민낯을 들여다본 것이었다. 젊은 남자들은 병영을 나와 기차에 올랐다. 많은 이들의 얼굴에서 나는 표식을 보았다. 우리의 표식이 아닌 아름답고 엄숙한 표식이었다. 사랑과 죽음을 의미하는 표식이었다. 처음 본 사람들이 나를 끌어안았고, 나는 그 뜻을 이해하고 흔쾌히 화답하였다. 물론 그들이 그런 행동을 한 이유는 운명의 의지 때문이 아니었다. 그저 흥분한 탓이었다. 그러나 그 흥분은 신성했고 감동적이었다. 그들 모두가 마음을 뒤흔드는 이 잠깐의 눈빛으로 운명의 눈을 들여다보았기 때문이다.

나는 겨울이 가까울 무렵에 전장으로 불려갔다.

총격전은 충격이었으나 처음에는 실망이 컸다. 예전에 나는 이상을 실현할 수 있는 인간이 왜 그렇게나 드문지 그 이유를 많이 고민했다. 이제 와 보니 많은 사람이, 아니 모든 인간이 이상을 위해 죽을 수 있었다. 다만 그 이상이 개인의 이상, 스스로 자유롭게 택한 이상이어서는 안 되었다. 떠안은 공동의 운명이어야 했다.

그러나 시간이 흐르자 내가 사람들을 과소평가했다는 깨달음이 들었다. 지위와 공동의 위험 탓에 제복을 입기는 했으나 수많은 이가, 산자와 죽어가는 자가 운명의 의지에 찬란하게 다가가고 있었다. 많은 이가, 정말로 많은 이가 공격을 할 때만이 아니라 언제라도 약간 귀신이 들린 듯 흔들림 없이 먼 곳을 향하는 눈빛이었다. 목표를 전혀 알지 못한 채 엄청난 일에 온전히 자신을 던진 눈빛이었다. 이런 사람들은 뭘 원하건 자신들은 준비가 되어 있다고, 쓸모가 있다고, 자신들로 미래가 만들어질 것이라고 믿는다. 세상이 전쟁과 영웅심, 명예와 다른 구닥다리 이상을 더욱 고집불통으로 추구할수록, 소위 인간성이라 부르는 것의 목소리가 모조리 더 멀어지고 더 비현실적으로 들릴수록, 이 모든 것은 겉모습에 불과했다. 전쟁의 외면적인 정치적 목적을 묻는 질문이 그저 겉모습에 불과하듯이 말이다. 저 깊은 곳에서는 무언가가 생겨나고 있었다. 새로운 인간성 같은 무언가. 내가 수많은 이들을 볼 수 있었고, 그들 중 많은 이들이 내 곁에서 죽었기 때문이다. 그들에게선 증오와 분노, 살육과 파괴가 대상과 관계있는 것이 아니라는 깨달음이 느껴졌다. 그렇지 않다. 대상은 목표와 마찬가지로 온전히 우연이었다. 원래의 느낌은 아무리 거칠다 해도 적과는 상관없다. 피비린내 나는 그 감정의 활동은 그저 새로 태어나고자 광분하여 파괴하고 죽으려는 분열된 영혼의, 내면의 발광에 불과했다. 거대한 새가 알에서 깨어나려 투쟁하고, 알은 세상이며, 세상은 산산조각이 나야 했다.

우리가 점령한 농가 앞에서 어느 초봄날 밤에 보초를 서고 있었다. 맥없는 바람이 변덕스럽게 불어왔고 높은 플랑드르의 하늘에는 구름 떼가 달렸으며 그 너머로 달이 어슴푸레 떠 있었다. 온종일 마음이 불안했고 뭔지 모를 근심에 정신이 산란했다. 어두운 밤 초소에 서 있으려니 지금까지 내 인생의 영상들이, 에바 부인과 데미안이 절절히 생각났다. 나는 미루나무에 기대어 요동치는 하늘을 쳐다보았다. 살짝살짝 움칠대던 환한 하늘이 계속해서 샘솟는 거대한 영상들로 변했다. 맥박이 이상하게 희미해졌고, 피부는 바람과 비를 느끼지 못했으며, 정신이 번뜩이며 초롱초롱한 것이, 주변에 길잡이가 있다는 느낌이 들었다.

구름 속에서 거대한 도시가 보였다. 그곳에서 수백만 명이 물밀 듯 몰려나왔고, 넓은 땅으로 떼를 지어 흩어졌다. 그들 한가운데에서 거대한 신의 형상이 나타났다. 머리에는 반짝이는 별을 달았고 덩치는 산만큼 컸으며 생김새는 에바 부인이었다. 사람들의 모습이 거대한 동굴인 양 그녀 안으로 빨려 들어가더니 사라져버렸다. 여신은 바닥에 웅크리고 앉았고, 이마의 표식이 환하게 빛났다. 꿈이 그녀를 사로잡은 듯 그녀가 눈을 감았고 큰 얼굴이 고통으로 일그러졌다. 갑자기 그녀가 영롱한 목소리로 비명을 질렀고 이마에서 별이 튀어나왔다. 수천 개의 반짝이는 별이 검은 하늘을 가로지르며 멋진 포물선과 반원을 그리며 떨어져 내렸다.

그 별 중 하나가 맑은 소리를 내며 나를 찾는 듯 내게로 돌진했다. 별이 울부짖으며 수천 개의 불꽃으로 흩어졌고 나를 낚아채어 들어 올렸다가 다시 땅에 패대기쳤다. 천둥 같은 소리를 내며 내 머리 위에서 세상이 무너졌다.

나는 미루나무 근처에서 발견되었다. 흙을 뒤집어썼고, 온몸이 상처투성이였다.

나는 지하실에 누워 있었다. 위에서는 폭음이 요란했다. 나는 수레에 누워 덜컹덜컹 빈 들판으로 실려 갔다. 대부분 잠을 자거나 의식이 없었다. 그러나 깊은 잠에 빠져들수록 무언가가 나를 끌어당기고, 나는 나의 주인인 그 힘을 따른다는 느낌이 거세어졌다.

나는 마구간에 짚을 깔고 누워 있었다. 어둠 속에서 누군가 내 손을 밟았다. 그러나 나의 내

면은 더 나아가고 싶었고, 더 강하게 나를 끌고 갔다. 다시 나는 수레에 누워 있었고, 나중에는 들것이나 사다리에 누워 있었으며, 어딘가로 오라는 명령을 점점 더 강렬하게 느꼈다. 끝내는 그곳으로 가려는 충동밖에는 남아 있지 않았다.

나는 목적지에 도착했다. 밤이었다. 의식이 또렷했고 나를 끌어당기는 힘과 충동은 여전히 강했다. 이제 나는 큰 홀 바닥에 누워 있었고, 부름을 받은 곳에 왔다고 느꼈다. 주변을 살펴보니 내가 누운 매트리스 바로 옆에 매트리스 하나가 놓여 있었고, 그 위에 누군가가 있었는데, 앞으로 몸을 숙여 나를 쳐다보고 있었다. 이마에 표식이 있었다. 막스 데미안이었다.

나는 말을 할 수 없었다. 그도 할 수 없었는지, 아니면 하고 싶지 않았는지 말이 없었다. 그저 나를 쳐다보기만 했다. 위쪽 벽에 걸린 등이 그의 얼굴에 빛을 던졌다. 그가 내게 미소를 지었다.

끝없이 긴 시간 내내 그가 내 눈을 들여다보았

다. 우리의 얼굴이 거의 맞닿을 때까지 그가 천천히 얼굴을 내 쪽으로 가져왔다.

"싱클레어!" 그가 속삭였다.

나는 그에게 눈으로 알아들었다는 신호를 보냈다.

그가 다시 미소 지었다. 연민에 가까운 미소였다.

"우리 꼬맹이!" 그가 웃으며 말했다.

그의 입이 이제 완전히 내 입 가까이 다가왔다. 그가 나직이 말했다.

"프란츠 크로머를 기억해?" 그가 물었다.

나는 눈짓으로 기억난다고 대답했고 미소도 지을 수 있었다.

"꼬맹이 싱클레어, 조심해. 난 떠날 거야. 내가 또 필요할지도 몰라. 크로머를 상대하거나 다른 놈을 상대하거나. 그럴 때 나를 부르더라도 내가 말을 타거나 기차를 타고 단박에 오지는 못할 거야. 그러니까 네 마음의 소리를 들어야 해. 그럼

내가 네 안에 있다는 것을 알게 될 거야. 내 말 알
아들었어? 그리고 하나 더. 에바 부인이 말씀하
셨어. 네가 힘들 때 그녀가 내게 준 키스를 대신
너에게 전해달라고…… 눈을 감아, 싱클레어!"

나는 고분고분 눈을 감았다. 내 입술에 닿은
가벼운 키스가 느껴졌다. 내 입술에는 여전히 피
가 살짝 묻어 있었다. 도무지 줄어들 기미가 안
보이는 피가. 그리고 나는 잠이 들었다.

아침에 누가 나를 깨웠다. 붕대를 감아야 한다
고 했다. 정신이 돌아오자 나는 얼른 옆자리 매
트리스를 쳐다보았다. 처음 보는 남자가 누워 있
었다.

붕대를 감을 때는 아팠다. 그날 이후 내게 일
어난 모든 일이 고통스러웠다. 그러나 이따금
열쇠를 찾아서 온전히 내 마음 깊은 곳으로 내
려가면, 어두운 거울 속에 운명의 형상들이 잠
들어 있는 그곳으로 내려가면, 검은 거울 위로
몸을 숙이기만 하면 된다. 그곳에 내 모습이 비

친다. 내 친구이자 길잡이인 그를 쏙 빼닮은 나의 모습이.

바야흐로 헤세 붐이다. 헤세의 책이 쏟아져 나
오고, 헤세의 좋은 글귀가 사방에서 휘몰아친다.
세상만사가 혼자 존재하지 않으니, 이 현상에도
좁게는 출판계의, 넓게는 국가의, 더 넓게는 세
계의 현황이 작용하겠으나, 기본적으로 우리나
라 사람들은 에리히 프롬과 더불어 헤세를 참 아
끼고 사랑하는 것 같다. 여러 가지 이유가 있겠
지만, 아마도 두 사람이 선과 악을 가르고, 참과
거짓을 둘로 나누는 이분법적 사고를 넘기 위해

동양에 관심을 가졌던 것이 한 가지 이유일 것이다. 선과 악, 참과 거짓을 아우르고 품어주는 전체, 그것을 향한 그들의 남다른 노력이 숲을 보라고 배운 우리의 심금을 울리는지도 모르겠다.

'새는 알을 깨고 나오려 투쟁한다.'

《데미안》을 읽지 않은 사람이라도 아마 한 번쯤 이 문장은 들어보았을 것이다. 심지어 전 국민의 드라마였던 〈더 글로리〉에서도 염혜란 배우가 삶은 달걀을 손에 들고 말하지 않았던가. "새는 알을 깨고 나온다. 알은 세상이다. 래미안."

그렇다. 《데미안》은 싱클레어라는 이름의 한 소년이 알을 깨고 세상으로 나오기까지의 투쟁과 여정을 담은 소설이다. 부모님의 세상, 밝고 환하며 순진무구한 알 속 세상을 박차고 나와 진짜 어른이 되기 위해, 그가 지나온 어둠과 방황, 고독과 만남을 그린 소설이다.

그리고 그 여정의 끝에는 진정한 자신이 있다.

'모든 인간의 삶은 자신으로 향하는 길이다.' 그 자신을 찾기 위해 그는 동네 불량배에게 시달리며 처음으로 부모님의 세상에서 떨어져 나왔고, 자신을 구해준 친구 데미안에게서 세상을 바라보는 다른 시각을 배웠으며, 술을 퍼마시며 방황도 했고, 오르간 연주자 피스토리우스를 만나 새로운 종교를 꿈꾸기도 했으며 영원의 여인 에바를 갈구하였고 전쟁터로 나가 크게 다치었다. 그러나 그 모든 시련과 고통과 성찰은 '하나의 길을 가려는 노력이요, 하나의 오솔길이 던지는 암시'였다. 그는 데미안을 통해 그 길의 의미를 배웠고, '자신에게서 솟아나려는 것을 삶으로 실천하려 애썼다.'

헤세는 《데미안》을 1917년에 쓰기 시작했고, 제1차 세계대전이 끝난 직후인 1919년에 〈에밀 싱클레어의 젊은 날〉이라는 부제를 붙여 가명으로 세상에 내놓았다. 아직 세계대전의 화약 냄새

344

가 채 가시지 않은 시절이었다. 사람들은 새로운 세상이 시작된 양 전쟁에 열광했지만, 그 전쟁이 '세상에 단 하나밖에 없는 자연의 귀한 노력'을 총알로 무더기로 쏘아 죽일 수 있음을 헤세는 간과할 수 없었다. 당연히 그로 인해 비난과 오해를 많이 받았고, 고립감과 내적 혼란에 시달렸다. 세상사 못지않게 개인사도 고난의 시기여서, 아내의 정신질환, 아들의 병, 아버지의 사망 등 연이어 닥친 불행으로 그는 심각한 우울증을 겪었다. 그는 심리치료를 받기 시작했고, 그 과정에서 칼 융Carl Jung의 분석심리학을 접한 후 큰 영향을 받게 된다. 《데미안》은 바로 이 시기, 자기탐색과 정신적 치유의 산물로 탄생한 작품이다. 어쩌면 헤세가 이 소설을 가명으로 세상에 내놓은 이유도, 이런 혼돈의 세상과 어지러운 마음을 지나쳐서 다시 진짜 자신으로 돌아가 평가받고 싶었기 때문은 아니었을까?

나를 찾아 떠나는 싱클레어의 여정은 내가 되

라는, 나를 사랑하라는 요즘의 심리학 트렌드와도 맞물린다. 헤세의 현대성, 통찰력을 재확인하는 지점이다.

　우리는 영원히 알을 깨기 위해 망치질하는 소년이다. 아무리 나이를 먹어도 늘 자신이 누구인지 알지 못해 슬프고, 잘 살았는지, 잘 살고 있는지, 나답게 살고 있는지 물으며 답을 찾아 두리번거린다. 그러기에 소설을 마치는 싱클레어의 다짐은 소설을 다 읽고 내려놓은 우리의 다짐과 크게 다르지 않을 것이다. 그는 말한다. '나는 다시 투쟁할 것이고 그리움으로 괴로워할 것이며 꿈을 꾸며 홀로 서리라.' 그러니 소설을 덮으며 마지막으로 한번 물어볼 일이다. "내 알에는 얼마나 금이 갔을까?"

장혜경

옮긴이 **장혜경**

연세대학교 독어독문과를 졸업하고, 동 대학원에서 박사 과정을 수료하였다. 독일 학술교류처 장학생으로 하노버에서 공부했으며, 현재 전문 번역가로 활동 중이다. 《내가 누구인지 아는 것이 왜 중요한가》, 《세상의 모든 균류》, 《우리는 여전히 삶을 사랑하는가》 등 많은 책을 우리 말로 옮겼다.

실존과 경계 시리즈 06
데미안

초판 1쇄 발행 2025년 6월 25일

지은이 헤르만 헤세
옮긴이 장혜경
펴낸이 이혜경
기획 · 관리 김혜림
편집 변묘정, 박은서
디자인 여혜영
마케팅 양예린

펴낸곳 니케북스
출판등록 2014년 4월 7일 제300-2014-102호
주소 서울시 종로구 새문안로 92 광화문 오피시아 1717호
전화 (02) 735-9515
팩스 (02) 6499-9518
전자우편 nikebooks@naver.com
블로그 blog.naver.com/nikebooks
페이스북 facebook.com/nikebooks
인스타그램 (니케북스) @nike_books
　　(니케주니어) @nikebooks_junior

© 니케북스 2025

ISBN 979-11-94706-16-8 02850